双葉文庫

口入屋用心棒

赤銅色の士

鈴木英治

目次

赤銅色《しやくどういろ》の士《し》　口入屋用心棒

第一章

一

何者かに斬りかかられたかのように、提灯《ちょうちん》が激しく揺れた。

しかし、かわせみ屋のあるじ庄之助《しょうのすけ》はまったく動じなかった。誰かが襲いかかってきたわけではなく、ただ強い風が吹き寄せてきたに過ぎない。

冬の北風だけに身を切るように冷たいが、庄之助はなにも感じなかった。胸を張り、顔を昂然《こうぜん》と上げて歩き続ける。

男たるもの、丹田《たんでん》に力を込めて背筋を伸ばしていれば、どんなときであろうと寒さなど覚えるはずがないのだ。

これから行商《ぎょうしょう》にでも出る者なのか、江戸の町は人影がちらほらと見えはじめている。

それからさらに四半刻《しはんとき》（三十分）ばかり歩いて、庄之助は足を止めた。あたりは、潮の香りがだいぶ強くなってきている。

軽く息を吐き、庄之助は提灯を少し上げた。鉄砲洲稲荷《てつぽうずいなり》神社の赤い鳥居が薄闇の中、ほんのりと照らし出される。

この神社は、四百二、三十坪ほどの境内《けいだい》を誇っていると聞いている。江戸にある稲荷神社としては、かなり広いほうではないか。

正しくは鉄砲洲稲荷橋湊《てつぽうずいなりばしみなと》神社というらしいが、鉄砲洲稲荷と江戸の者に親しみを込めて呼ばれている。

赤鳥居の前で一礼してから再び歩きはじめた庄之助は、十間《じつけん》ほど進んで左に折れ、狭い路地に足を踏み入れた。

路地の出口の向こうに、暗い海が見えている。すでに空は白みはじめており、今がちょうど明け六つの頃合いだろう。

路地を抜けると、明け六つを知らせる鐘の音が響いてきた。縮緬《ちりめん》のような波が穏やかに寄せてきているのが、庄之助の瞳に映り込む。

海が近くなれば、もっと強い風が吹き渡っているのではないかと思っていたが、意外なことに風はあまりなく、水面《みなも》は凪《な》いでいる。

三町ほど先に浮かぶ佃島《つくだじま》は、今はまだ一つの黒い塊でしかないが、炊煙《すいえん》らしいものがいくつも薄ぼんやりと上がっているのが認められた。

やはり海はいいな、と潮の香りを思い切り吸い込んで庄之助は思った。懐旧《かいきゅう》の念が、じんわりと湧いてくる。

どこか波立っていた心も、落ち着きを取り戻しつつあるのを感じた。

庄之助は歩みを進め、海が目の下に見えるところまで来た。

高さ半丈《はんじょう》ばかりの石垣の下に人の頭ほどの岩がいくつも連《つら》なる岩礁《がんしょう》がある。風が強いと波に洗われるせいなのか、どの岩もほどよく角《かど》が取れており、腰を下ろすのに具合がよい。

岩礁はここだけでなく、目に入る範囲でも五つばかりある。どの岩礁も、人が優《ゆう》に三人は座れるくらいの大きさである。

火を吹き消した庄之助は、提灯を折りたたんで懐《ふところ》にしまった。おや、と声を漏らしたのは、懐の中でなにか硬い物に指が触れたからである。

すぐに、懐に匕首《あいくち》が入っていることを庄之助は思い出した。

こんな物は必要ないとは思うものの、用心に越したことはないと義父の恒五郎《つねごろう》からいわれるままに、庄之助は常に持ち歩いているのだ。恒五郎のいう通り、商売柄、うらみを買うことがないわけではない。

肩にのせていた釣竿を手にした庄之助は地面を軽く蹴り、岩の一つを目指して宙を飛んだ。鳥もちでもついているかのように足はぴたりと岩に乗り、庄之助の体は微塵《みじん》もふらつかなかった。

このあたりの岩礁は釣りの名所といってよい場所だが、見渡した限りでは、今朝の先客は一人しかいないようだ。左手の岩礁にぽつねんと腰かけて、釣糸を垂れている。

江戸では釣りが流行《はや》っていると聞くが、この極寒の時季に夜明け前から釣りをしようなどという酔狂《すいきょう》な者は、さすがにほとんどいないのだろう。

それでも、久しぶりの釣りである。庄之助はわくわくしてきた。

さっそく岩に腰かけた庄之助は腰に下げた魚籠《びく》から餌《えさ》のイソメを取り出し、天蚕糸《てぐす》の先の釣針にしっかりとつけた。

釣針からイソメが外れないことを確かめ、子供のように胸を弾ませながら釣竿を海に向かって勢いよく振った。

——ふむ、重りがよく利いているな。

庄之助は実感した。釣針は思った以上に遠くまで飛び、浮きは四間《しけん》ばかり先の海面に浮かんだ。

調子のよさを庄之助は覚えた。

——大物が釣れるかもしれぬ。

庄之助の狙いは鰆《さわら》である。春が旬《しゅん》だと思っている者が多いが、実際には冬の魚だ。

——よし、来い。早く来い。

息を軽くついて、庄之助はじっと浮きを見定めた。今のところ、ぴくりともしない。

——まあ、すぐに釣れるはずもないな。

もっとも、庄之助はなにも釣れずとも別に構わなかった。こうして潮風をゆったりと浴びることができるだけで、満足なのだ。

やはり海はよいな、と庄之助は改めて思った。最近は仕事に追われて釣りに来ることができなかったが、潮の香りに包まれているだけで体が健《すこ》やかになっていくような気がする。

空がじんわりと明るみを増し、日が昇ってきた。海面に陽射しが斜めに映り込む。佃島も、その島影がはっきりと見えている。

ただし、釣竿の先の浮きは相変わらず動かない。ただ波間を漂っている感じで、魚は餌にまったく食いついてこない。

――釣れずともよいとはいうものの、せっかく来たのだから……。釣りに来られるのも、おそらく今日が最後になろうしな。

だからといって、餌を魚に取られてはいないか、庄之助に確かめる気はない。魚を釣るより、今日はのんびりすることのほうが大事なのだ。釣れないからと、せわしなく動くのは性分ではない。

――魚が釣れぬといっても、命に関わるようなことはないのだし……。

しばらくのあいだ、庄之助は身動きせずにじっと座っていた。

十間ほど左側の岩礁にいた先客が、つと立ち上がった。釣り道具を手際よく片づけはじめる。どうやらなにも釣れなかったようで、今日は手仕舞《てじま》いにするらしい。

庄之助の釣果《ちょうか》が気になるのか、先客が岩礁伝いにこちらにやってくるのを庄之助は目の端で捉《とら》えた。朝日を背負っているために庄之助から男の顔はわからないが、小柄な体つきをしているのは知れた。

「釣れますかい」

庄之助に近づいてきた小柄な男が、三間ほど離れたところからしわがれ声できいてきた。

――この声は……まさか。

浮きにじっと目を当てていた庄之助は顔を上げ、横を向いて小柄な男をさっと見つめた。

「あ、あれ」

庄之助の顔を目の当たりにして、小柄な男が頓狂《とんきょう》な声を上げた。信じられないといいたげな顔つきで庄之助を見つめてくる。口をぽかんと開けた。

「おまえは……」

庄之助自身も、目を疑いたい気分になった。だが、まちがいない。目の前に呆《ぼう》然《ぜん》と立っているのは呉《ご》太《た》郎《ろう》である。

釣竿を手にしていることも忘れ、庄之助は我知らず立ち上がっていた。

――信じられぬのは俺のほうだ。まさかこんなところで呉太郎に会おうとは……。

互いに江戸の出ということで、最後に別れるとき、また必ず会おう、と庄之助は確かにいったが、あれはただの決まり文句に過ぎない。本当に会う気など、とんとなかった。

しっかりしろ、と庄之助は自らに強くいい聞かせた。

――この程度のことで、うろたえてどうするのだ。そんなことでは大事《だいじ》など到底、為《な》せぬぞ。

息を入れ、庄之助は心を落ち着かせた。

「久しいな、呉太郎」

口元に無理に笑みを浮かべ、庄之助は穏やかな声を投げた。

呉太郎と呼ばれた男は驚きから覚《さ》めたように大きく呼吸をして、歳《とし》を感じさせない足取りでさらに近づいてきた。同じ岩礁に乗り、庄之助をまじまじと見る。

「ふーむ、おまえさん、しっかりと生きていたのだな」

いかにもうれしそうに呉太郎がいった。

「あっけなくくたばるような男ではないとわかっていたが、こうして無事な姿を見ると、さすがに安堵《あんど》するぞ」

「俺の体がどれだけ頑健か、師匠はよく知っておろう。とにかく、師匠も元気そうでなによりだ」

呉太郎は以前、庄之助に懇切《こんせつ》に釣りを教えてくれた。庄之助にとっては、命の恩人といってよい男である。

呉太郎は、潮に焼けたような赤銅色《しやくどういろ》の肌をしている。もっとも、それは自分も同じだ。

――呉太郎と、こんなところで会いたくはなかった。しかも、いざこれからというときに……。

なんという間の悪さか、と庄之助は地団駄《じだんだ》を踏みたくなった。顔をゆがめそうになったが、かろうじて自制する。

「しかし久しいな。一別《いちべつ》以来か」

庄之助の心のうちなど知らずに、呉太郎が無邪気な声を発した。

「そうだな。おまえにはまこと世話になった」

「なに、そうでもないさ」

人のよさそうな笑みを浮かべて、呉太郎が否定する。

「おまえさんは、本当に強い男だった。わしなどの助けがなくても大丈夫だったさ」

――よいか、決して気を許すな。だまされてはならぬぞ。

庄之助は、自らに強くいい聞かせた。

——この男は、油断できぬぞ。

「おまえさん、今どうしているのだ」

新たな問いを呉太郎が放ってきた。これは生業《なりわい》をきいてきているのだな、と庄之助は判断した。

「かわせみ屋という店を切り盛りしている」

庄之助には、呉太郎に隠し立てしようという気はない。すでに、一つの覚悟を心中に決めているからだ。

えっ、と呉太郎が驚きの顔になり、目をきらりと光らせた。呉太郎が舌なめずりしたように、庄之助には見えた。

「もしや瓦版屋《かわらばんや》のかわせみ屋のことかい」

「ああ、よく知っているな。そうだ、読売《よみうり》のかわせみ屋だ」

「かわせみ屋は有名だからな。しかし、こういっちゃなんだが、悪評が高い瓦版屋だと聞いたことがあるな。へえ、そうなのか、かわせみ屋か……。おまえさんの気性に、合わんような気もするが……」

そのことは呉太郎にいわれずとも、自分でもよくわかっている。だが、今は前に進むしかない。

「それにしても、かわせみ屋を切り盛りしているとはすごいではないか。番頭か」

「いや、主人だ」

さらりと庄之助は答えた。

「えっ、奉公人ではなく……。そいつはまた、えらい出世をしたものだ」

またも呉太郎の瞳がきらりと光ったのを、庄之助は見逃さなかった。

「なに、出世というほどではない。養子に入ったに過ぎぬ」

「養子か……。確か、かわせみ屋のあるじは恒五郎といったと思うが……」

――ほう、よく知っているな。

一瞬、感心したものの、すぐさま庄之助は心の中で眉をひそめた。

「恒五郎は、俺に店を譲って隠居したのだ」

「養子にして店を譲るくらいだから、恒五郎という人は、おまえさんと深い関わりがあったのだな」

「まあ、そういうことだ」

「いったいどんな関わりだ」

興味津々という顔で呉太郎が問うてきた。

「なに、いろいろとあったのだ」

恒五郎との関係を呉太郎に話しても意味はなく、庄之助はその話題を打ち切った。

「それで、師匠こそ今なにをしているのだ」

「わしはなにもしとらんよ」

少し苦い顔で呉太郎がいった。

「体《てい》よくいえば、恒五郎という人と同じで隠居さ。せがれ夫婦に世話になっておる」

「面倒見のよいせがれがいるといっていたが、それはよかったではないか」

「よいものか」

唾を吐くようにいい、呉太郎が口をとがらせる。

「わしなど、ただの邪魔者よ。こんなに寒い朝にわざわざ海まで釣りにやってきたのも、家に居場所がないからだ。せがれの嫁が、特にわしを嫌っておってな。これで朝飯の足しになるのを釣っておったら、またちがうのだろうが……。家に帰ったら、嫁にいったいなにをいわれるか。とにかく、今日は潮が悪すぎる」

目に怒りの色をたたえて、呉太郎が忌々《いまいま》しげに海を見やる。顔を転じて、庄之助を見上げてきた。

「おまえさんはどうだ。釣れたか」

庄之助は呉太郎を憐《あわ》れみの目で見ていたが、すぐに微笑《びしょう》をつくり、かぶりを振った。

「いや、駄目だな。師匠が坊主というなら、俺も同じに決まっておろう」

「いやいや、そんなことはあるまい。老いぼれてきたわしとちがい、おまえさんはまだ若い。今年、二十八だったか」

「俺の歳など、よく覚えておるな」

正直、庄之助は驚きを隠せない。庄之助のほうは、呉太郎の歳など、とうの昔に忘れていた。もう五十近いのはまちがいなく、孫がいてもおかしくないはずだ。

「どういうわけか、これまで会った者の歳はほとんど忘れんのだ」

軽く首を振って呉太郎がいった。

「ほう、そうだったか」

「人の歳を覚えているといって、なんの役にも立たんが……」

自嘲気味にいって呉太郎が言葉を続ける。

「おまえさんは釣りの筋もよかった。覚えがよくて、教えていて楽しかったよ」

「いくら筋がよくても、潮が悪いのでは今日は駄目だな」

いいながら庄之助は背後を振り返った。あたりはだいぶ明るくなってきているが、どこにも人けはない。岩礁にも新たな人影は見当たらない。

よし、と心中で深くうなずいた庄之助は懐に右手を差し込んだ。再び匕首に指が触れる。

――鬼になるのだ。目の前の男を殺すことなど、大事《だいじ》の前の小事《しょうじ》でしかない……。

「ちと聞いてほしいことがあるのだが」

懐に右手を差し入れたまま、庄之助は呉太郎にいった。

「えっ、なんだい」

呉太郎が、関心を引かれたという顔を向けてきた。

「いくら人けのない場所といえども、あまり大きな声ではいえぬ。済まぬが、もう少し寄ってくれぬか」

「ああ、構わんよ」

怪しむ素振《そぶ》りも見せずに呉太郎が、ほんの一尺ばかりまでに近寄ってきた。

「それで、わしになにを聞いてほしいんだ」

「もっと顔を寄せてくれるか」

にこにこと笑んで顔を近づけてきた呉太郎の首を、庄之助は左腕を巻きつけるようにして、がしっと抱え込んだ。

「な、なにをする」

仰天《ぎょうてん》した呉太郎が庄之助の腕から逃れようとして、必死にもがく。

だが、庄之助の力のほうがはるかに強く、数瞬《すうしゅん》ののちに呉太郎は全身から力が抜けたようにがくりとうなだれた。息が詰まって気絶したようだ。

呉太郎の首を左腕で抱え込んだまま、庄之助は懐から、右手を抜き出した。右手は匕首を鞘《さや》ごとつかんでいる。

呉太郎の首を抱え込んだ左手で匕首の鞘を持ち、庄之助は右手で抜き身を引いた。匕首をぎゅっと握り込む。

――殺したくはなかったが……。

庄之助は、呉太郎の胸に一瞬のためらいもなく匕首を突き刺した。あばら骨をかすったような感触が手に伝わる。

刺された瞬間、目が覚めたかのように呉太郎が、うっ、と苦しげなうめき声を上げた。庄之助の左腕の中で必死に顔を動かし、充血した目で見つめてくる。

「な、なんでこんな真似を……」

喉《のど》の奥から言葉を絞り出すように呉太郎がいった。

「おまえにうらみなどない。詰まるところ、おまえが小悪党《こあくとう》だからだ」

「小悪党だと……」

「ちがうとでもいうのか。おまえ、強請《ゆすり》で捕まったことがあろう」

「わ、わしがおまえを強請るとでもいうのか」

「あり得ぬことではない」

「お、おまえが、本当にかわせみ屋のあるじかどうかも信じておらんのに……」

「俺がかわせみ屋のあるじというのは、嘘ではない。それがわかった途端、おまえは悪心《あくしん》を抱くであろう」

庄之助が断ずるようにいった次の瞬間、精根《せいこん》尽き果てたというように呉太郎がうなだれた。疲れ切ったように目を閉じている。もう息をしていなかった。

——死んだか。人というのは、まこと、あっけないものよ。

幼い頃、庄之助は巣から落ちた雀《すずめ》の子を、どうせ助からぬのなら、と手のうちで握り潰すように殺したことがある。今、そのときと似たような感じを抱いた。

考えてみれば、人を殺したのはこれが初めてではない。

――俺はこれからも大義のために人を殺すことになるのだろうか。

構わぬ、と庄之助は思った。

――わしはもはや鬼になりきったのだ。

魂の抜けきった呉太郎の顔を、庄之助はじっと見た。

――今日、この場で俺と出会ってしまったことが、おぬしの運の尽きだったということだ。呪うなら、その運命をこそ呪え。

わずかにこわばっている感じがする右手に力を入れ、庄之助は呉太郎の体から匕首をゆっくりと引き抜いた。

血は噴き出してこず、呉太郎の着物を少しずつ濡らしていく。

刃に血の付着した匕首を、庄之助は呉太郎の着物でぬぐった。

つややかさを取り戻した匕首を鞘におさめ、懐にしまい込む。

――護身のためだったが、よもやこんなときに役立つなど……。

もう一度、あたりに誰もいないことを確かめてから庄之助はかがみ込み、呉太郎を岩礁に横たえた。だらりと伸びた両足をぐいっと引っ張り、呉太郎の体を海に浮かべる。

——さらばだ。

心中で声を投げた庄之助は、呉太郎の体を両手で押しやった。

小さく渦巻く潮に乗って、少しずつ呉太郎の体が岩礁から遠ざかっていく。

この分なら、沖まで運ばれるのに、さして時はかかるまい。

江戸においては、水に浮いた死骸は殺人と見なされない。それは海も川も同じである。

いずれ漁《いさ》り船の漁師や荷船の船頭《せんどう》が海に浮く呉太郎の骸《むくろ》を見つけるかもしれないが、船上から両手を合わせて終わりだろう。

船に引き上げるようなことは、まずしないはずである。誰も面倒には巻き込まれたくはないからだ。

かがみ込んだまま庄之助は、冷たい海水で手を洗った。血などついていなかったが、さすがにさっぱりする。

立ち上がり、釣竿を肩に乗せた庄之助はなにもなかったような顔で岩礁を歩きはじめた。

ぽちゃん、と小さな水音がし、庄之助はそちらをさっと見た。

どうやら魚が跳ねたようだ。

鯔《ぼら》かもしれぬ、と庄之助は思った。寒い時季の鯔は臭みもなくうまいらしいが、これまで一度も食べたことはない。

鯔といえば、鯛《たい》に代えて生後百日目のお食《く》い初《ぞ》めに使われる場合もあると聞いたことがある。

――ふむ、とにかく魚はおるのだな。今日は釣り上げられなかっただけの話だ。

釣竿を担《かつ》ぎ直した庄之助は再び岩礁を歩きはじめた。

よっこらしょ、と石垣を上がったときには、呉太郎のことなど庄之助の頭の片隅にすら残っていなかった。

二

小腹が空《す》いてきたが、米田屋《よねだや》琢《たく》ノ介《すけ》は今しばらく我慢することにした。

刻限《こくげん》はまだ昼の四つ前である。家で朝餉《あさげ》を食《しょく》したのが六つ半頃で、外回りのために店を出てきたのが五つだった。

朝餉を食べて、まだ二刻もたっていないのだ。空腹を感じるからといって、すぐに食べ物を口に入れるのでは、体によくないような気がする。

――ここは耐えなければな。せめて、あと四半刻は仕事にいそしもうではないか。

琢ノ介は自らに告げた。小腹を満たしている暇などないのだ。なにしろ、仕事がたまりにたまっているのだから。

つい七日ばかり前のこと、琢ノ介は湯瀬《ゆせ》直之進《なおのしん》と珠吉《たまきち》の三人で相模国《さがみのくに》の大山《おおやま》詣《もうで》に行ってきた。そのときはよく歩いたせいか、腹が減ってならなかった。互いに持ってきた握り飯を交換し合うなど、三度三度の食事がとても楽しかった。

大山詣だけでなく、中川温泉《なかがわおんせん》という山中の湯治場《とうじば》にも足を延ばした。いつまでも治らない直之進の左腕の湯治に付き合ったのだが、そのために四泊五日という、ちょっとした旅行になったのである。

五日も仕事を休んだせいで、そのつけが今、回ってきているのだ。忙しさでてんてこ舞いだった仕事をわざわざ休んでまで琢ノ介が大山の阿夫利《あふり》神社に参ったのは、直之進と旅に出たかったからではない。もちろん、その気持ちは少なからずあったのだが、いちばん大きかったのは、女房のおあきとのあいだに実子がほしいと琢ノ介が強く願っているからである。

阿夫利神社は子宝《こだから》祈願《きがん》にも霊験《れいげん》があると、琢ノ介は取引先の若生屋《わこうや》という油問屋のあるじ夫婦から聞いたのだ。優一郎《ゆういちろう》という赤子を授かった若生屋夫婦の例を見るまでなく、阿夫利神社に詣《もう》でた以上、いずれ血のつながった我が子ができるに決まっているのである。焦る必要はないと思っているが、その日が琢ノ介は待ち遠しくてならない。

それにしても、と坂を登りながら琢ノ介は思った。

――またみんなでどこかに行きたいなあ。旅は本当に素晴らしいものだ。命の洗濯という言葉そのものだな。

武田《たけだ》信玄《しんげん》の隠し湯といわれる中川温泉も泉質《せんしつ》が素晴らしく、おかげでたった一泊しただけで、直之進の左腕もよくなったようだ。

――なに、またきっと皆で行けるさ。そういえば、珠吉は六十五歳で富士太郎《ふじたろう》の中間《ちゅうげん》をやめたあと、お伊勢参《いせまい》りに行くといっていたな。そのときに、わしも連れていってもらおうかな。直之進も、一緒に行くようなことをいっておったし……。

珠吉が六十五を迎える正月まで、あと一年ちょっとしかない。

四泊五日の大山及び中川温泉への旅では、直之進に逆うらみを抱いた薩摩《さつま》の剣《けん》客《かく》、末永弥五郎《すえながやごろう》に襲われるなどして琢ノ介も難儀したが、それ以上に旅の楽しさというものを満喫できた。

伊勢神宮に行くとなれば、かなりの長旅になるのはまちがいない。江戸から伊勢神宮まで、片道百二十里は優にあるだろう。仮に一日十里を歩いたとしても、十二日もかかることになる。

——そうか、お伊勢参りというのは、往復で二十四日も旅ができるのか。せっかく伊勢まで来たのだからと、さらに京まで足を延ばす人も少なくないと琢ノ介は聞いている。

伊勢神宮から京まで何里あるのか琢ノ介は知らないが、伊勢国を発して伊賀国《いがのくに》、近江国《おうみのくに》を通って、京のある山城国《やましろのくに》まで行くのだ。最低でも、三十里はあるのではないかという気がする。

——だとすると、伊勢神宮から京まで三日はかかるだろうな。

京から江戸への帰路は伊勢神宮には寄ることはないから、距離は少し短くなるだろうが、それでも全行程《ぜんこうてい》で一月《ひとつき》はかかることになる。

——ふむ、一月もの旅か……。

直之進や珠吉と一緒に、そんなに長く旅ができるのだ。そのことを考えると、琢ノ介はわくわくしてきた。

――お伊勢参りに行くとなると、暑くもなく寒くもなくという時季がやはりよいのだろうな。だとすると、最も早い出立《しゅったつ》は、再来年の春くらいになろうか。夏の旅はどうなのだろう、と琢ノ介は思った。暑さの中を行くよりも寒いほうがまだいいような気がするが、夏は日がなかなか落ちない。

一月もの旅費のことを考えると、明るさがいつまでも残っている夏のほうが、ずっと長く歩いていられるのは確かだ。

――さもしいことをいうようだが、費《つい》えのことを考えると、夏のほうがよいのかもしれんな。

仮に夏に出立するにしても、あと一年半ほどしかない。そのくらい、あっという間にたってしまう。

――よし、お伊勢さんと京に行くのを楽しみに、それまでは一所懸命に仕事に励むとするか。旅費だって馬鹿にならん。必死に貯め込まなければならんぞ。

よしやるぞ、と全身に力をみなぎらせた琢ノ介は取引先を次々に訪れ、米田屋が仲介した奉公人たちがしっかりと仕事をしているか、見て回った。

それだけでなく、奉公人たちが奉公先からそれなりの待遇を受けているか、なにか悩みを抱えていないかなど、丹念に聞いていった。そのほかにも、直之進一家にぴったりの家がないか、探し続けた。

そんなふうに仕事や物件探しに熱中していたら、気づいたときには昼を過ぎていた。日の傾き加減からして、おそらく九つ半という頃合いだろう。

——あれ、ここはどこだったかな……。

あまり人けのない辻《つじ》で立ち止まり、琢ノ介はあたりを見回した。見覚えのある町なのは確かだが、一瞬、自分がどこにいるのかわからなくなった。

——ああ、牛込原町《うしごめはらまち》か。

そういえば、先日、この付近の旗本家に中間として奉公に入った若い男の様子を見に来たばかりだった。いま琢ノ介がいるのは町屋《まちや》が建て込んでいる町地《ちょうち》だが、このあたりには小身《しょうしん》の旗本や御家人の屋敷が多いのである。

——しかし、さすがに腹が空いたな。空きすぎたくらいだ。

道の両側から町屋が迫ってきている道を歩きながら、琢ノ介は空腹を満たせそうな店を探した。だが、なかなかよさそうな食べ物屋が見つからない。

——こいつはまいったな。だが、腹が減ると寒さがこたえるのはなぜなのかな。

暦《こよみ》も十月になり、日々寒さが増してきているとはいえ、風さえなければ、けっこう過ごしやすい。しかし、空腹は体から熱を奪っていくような気がしてならない。

これはという食べ物屋が歩き続けても見つからないので、琢ノ介は仕方なく直之進一家が住むによいのはどんな家なのか、というのを考えはじめた。

――四つばかりの部屋があり、広い台所がついていれば、おきくも包丁の腕を振るいやすかろう。それに、やはり日当たりがよいほうが、冬は暖かでよかろうな。せがれの直太郎《なおたろう》も、そのほうがありがたかろう。

これなら自分が住みたくなるような家だな、と思い、琢ノ介はすぐに顔をゆがめた。

――若生屋の隠居の家は、やはり直之進たちにぴったりだったな。

考えれば考えるほど、あの家を逃したことが悔やまれてならない。

若生屋のあるじ夫婦と話をしたあと、琢ノ介は直之進にすぐに仲介しようとしたのだが、琢ノ介たちが大山詣に行っている最中に、別の買い手がついてしまったのである。

――あれほどの家がいつまでも残っておるはずがないからな。しかし、惜しかったな。あれだけの家が六十両で手に入れられる機会など、二度となかろう。だが、過ぎたことをいつまで引きずっていてもしようがない。琢ノ介は気持ちを切り替えることにした。

——必ず直之進一家にふさわしい家を、見つけてみせる。

それも、米田屋がある小日向東古川町《こびなたひがしふるかわちょう》界隈でなければならない。直之進たちが近所に越してこないと、家を探す意味はまったくないのである。

なにしろ琢ノ介は、秀士館《しゅうしかん》の剣術道場の師範代として日暮里《にっぽり》に行ってしまった直之進と会う機会がめっきり減って、寂しくて仕方ないのだ。

——まあ、あきらめることなく探し続ければ、きっと素晴らしい家が見つかるさ。

自分を励ますようにそんなことを思った途端、琢ノ介の目に、団子《だんご》、饅頭《まんじゅう》、汁粉《しるこ》と染め抜かれた幟《のぼり》が飛び込んできた。

そこは小さな神社の門前にある茶店である。甘い物好きの琢ノ介の口中に、じわっと唾《つば》が湧いてきた。

——よし、この茶店で腹ごしらえをしよう。下手《へた》にまずい飯を食べるより、うまいお汁粉や饅頭、団子で腹を満たしたほうがよかろうからな。

先客はほとんどいない。年寄りの男が一人、店先に置かれた縁台《えんだい》にぽつんと腰かけ、湯飲みを両手で包み込んで座っているだけだ。

──この茶店に入るのは初めてだが、あまり味がよくないのかな。

なに構わんさ、と琢ノ介は思った。

──大してうまくなくともよい。空腹というのが、一番のおかずだからな。

どこに座ってもいいのかい、と琢ノ介は所在なげに店先に立っていた若い看板娘に声をかけた。いらっしゃいませ、と笑顔でいった看板娘がこちらにどうぞ、と奥のほうに案内してくれた。

風がほとんど入り込まない上に火鉢には炭が赤々と燃えていて、奥は暖かかった。さすがにほっとする。

どっこらしょ、といって琢ノ介は縁台に腰かけた。

──今わしはどっこらしょといったな。

自分では意識せずに口にしていた。

──疲れておるのかな。しかし半日、得意先回りをしただけで疲れてしまうとは、やはりわしも歳を取ったのだろうな。

いつまでも若いと思っていても、体はいうことを利かなくなってくる。

――歳は取ったが、頭の中はまだ二十歳《はたち》前と変わらんのだよなあ……。

琢ノ介は、おのれが人として成長した気がまったくしない。

「なになさいますか」

茶を琢ノ介の縁台にそっと置いた看板娘がにこやかにきいてきた。

――かわいい顔をしておるな。

琢ノ介は看板娘にほほえみ返した。

「お汁粉と団子、饅頭を持ってきてくれるか。ああ、団子は三人前、くれるかい」

「承知しました」

うれしそうにいって、看板娘が厨房《ちゅうぼう》に注文を通しに行く。

茶を飲むと、温かさが腹に満ち、ほう、とため息が出てきた。

うまいな、と琢ノ介はしみじみ思った。茶というのは、もともと薬としてこの国に入ってきたらしい。

――茶を喫《きっ》すると、疲れが飛んでいくような気がするから、まちがいなく薬効《やっこう》はあるのだろう。

茶を飲み干したとき、看板娘がまず団子を持ってきた。大きめの皿に六本の串団子がのっている。

それを琢ノ介はさっそくほおばった。

――おう、こいつはうまい。

甘みがほどよく抑えられたたれが、まわりがからっと焼き上げられ、中はしっとりした団子によく絡んでいる。団子をじっくりと咀嚼《そしゃく》すると、えもいわれぬうまさが口中にあふれる。

いつまでも噛んでいたく、呑み込むのがもったいないと思えるほどの団子である。

――これでどうしてこの店は流行らんのかな。たまたま空《す》いているに過ぎんのか……。

きっとそうなのだろう。

それからすぐに饅頭と汁粉がやってきた。饅頭は皮が少しかたくて、あまり琢ノ介の好みではなかったが、汁粉は砂糖を惜しんでいないようで、その濃厚な甘さがこしあんとよく合っていた。

――そういえば、上方《かみがた》のほうでは汁粉とはいわんのだったな。

確か、ぜんざいと呼ばれており、こしあんではなく粒あんが用いられることを琢ノ介は甘い物好きのおあきから聞いたことがある。

——お伊勢参りに行けば、つまりぜんざいも食べられるということになるな。

ごくりと口中に唾が湧いてきた。

そういえば、ぜんざいの名店が伊勢神宮のそばにあると聞いたことがある。

きっと霊験あらたかなぜんざいなのではないか。

琢ノ介は、一刻も早くそのぜんざいを食べたくてならなくなった。

すべてを食《しょく》し終えてすっかり満腹になった琢ノ介は、勘定をするために縁台から立ち上がろうとした。

そこに、散策中らしい一組の男女がふらりと入ってきた。

あっ、と琢ノ介はその二人を見て、小さく声を漏らした。女はともかく、男のほうにはあまり会いたくなかった。なにしろ悪評が高いのだ。

「おっ、米田屋さんではないか」

いち早く琢ノ介を認め、親しげな声を発したのは恒五郎という男だ。相変わらず少し甲高《かんだか》い声は耳障《みみざわ》りでしかない。

仕方なく琢ノ介は、縁台に浅く腰掛けた。二人と入れちがうように茶店をあとにして、恒五郎と話をするのがいやだからだと思われるのを避けたかったのだ。

恒五郎は頬が削《そ》いだように薄く、鋭い目つきは餓狼《がろう》を思わせるものがある。

恒五郎は読売を扱うかわせみ屋の隠居で、一緒にいるのは妾《めかけ》のお吟《ぎん》である。

「こんにちは、米田屋さん」

深く腰を曲げ、お吟が琢ノ介に丁寧に辞儀してきた。お吟の物腰には、どこか育ちのよさを思わせる上品さが感じられる。

「これはご隠居、お吟さん」

快活な口調でいって立ち上がった琢ノ介は、二人に頭を下げた。

「ご無沙汰しています」

「いやあ、こらちこそ」

鋭い目を琢ノ介に向けてきたが、恒五郎は明るい口調でいった。縁台に向けてお吟の背中を軽く押して、琢ノ介の隣に腰を下ろすように促《うなが》した。

「ふむ、ここは暖かくてよいな」

手のひらをごしごしとこすり合わせて、恒五郎が笑顔でお吟に語りかける。

「ええ、本当に。旦那さま、こちらにいらっしゃいな。こちらのほうが火鉢に近くて、もっと暖かいですから」

「いや、ここでよい。わしなんかより、おまえのほうがずっと冷《ひ》え性《しょう》ではないか。わしは寒いのはさほど苦手ではない」

「旦那さま、お優しいのね」

当たり前だ、と恒五郎がいった。

「お吟はわしの宝物だからな。大事にするのは当然のことだ」

「ありがとうございます、旦那さま。とてもうれしい」

潤《うる》んだような目でいって、お吟が恒五郎にしなだれかかる。お吟の細い肩を、恒五郎がそっと抱く。

二人の世界に浸《ひた》り込んだかのようなその様子を見て、琢ノ介は目をみはりかけた。

――なんだかんだいっても、この二人は仲むつまじいのだな。うまくいっておるとしかいいようがないではないか。

意外な感にとらわれたが、別にそのことに文句をつける筋合いでもなく、琢ノ介は縁台に再び深く座《ざ》した。

ほとんど茶の入っていない湯飲みを手にし、口のそばで傾ける。ほんの数滴が口の中に入ってきた。

お吟の肩から手を離した恒五郎が、茶を持ってきた看板娘にみたらし団子と汁粉を二つずつ注文した。

「ありがとうございます。すぐにお持ちしますので、少々お待ちください」

笑みを浮かべた看板娘が厨房に向かう。その尻を恒五郎がいやらしい目で見ている。それに気づいたお吟が、恒五郎の手の甲をつねった。

「痛いな、焼餅か」

顔をしかめて恒五郎がお吟にいった。

「旦那さまは、私だけを見ていればよろしいのですよ」

「たまには、ほかの女も見たくなるさ」

「駄目です」

「わかったよ」

少し閉口《へいこう》したような顔で、恒五郎がいった。

「米田屋さん、商売のほうはいかがですかな」

熱い茶をずずずと盛大に音を立てて飲んで、話題を変えるように恒五郎がきいてきた。

「おかげさまで、まあまあうまくいっております」

「それは重 畳《ちょうじょう》」

唇の端を引きつらせるように恒五郎が笑《え》んだ。隠居といっても、恒五郎は四十をいくつか過ぎているだけだ。

四十過ぎで跡継ぎに家督《かとく》を譲って隠居するのは、世間では珍しいことではない。

大店《おおだな》の番頭でも四十過ぎまで奉公先の店で勤め上げ、その後、退職金を手にして故郷に戻り、女房をもらって楽隠居というのは、よくあることだと琢ノ介は聞いている。

――それにしても……。

琢ノ介は恒五郎をあまり見過ぎないように心がけつつ、注視した。恒五郎は今日も相変わらず脂《あぶら》っぽい顔をしている。いかにも精力が強そうだ。

対するお吟は、ずいぶんとなまめかしい。

――ふむ、もともと色っぽい女ではあったが、前に店に来たときはこんなに妖《よう》艶《えん》だっただろうかな。

看板娘が戻ってきて、まずみたらし団子ののった皿を恒五郎とお吟のそばに置いた。

「おっ、うまそうだな」

すぐに恒五郎がみたらし団子に手を伸ばす。まるで獣肉《じゆうにく》でも食らうかのように、がつがつと食べはじめた。

あまり品がある食べ方とはいえず、ほんの数瞬で一本のみたらし団子を食べ終えた。

お吟のほうは、行儀よく咀嚼している。

そんなお吟に目を移して、琢ノ介は思った。

――お吟さんは、このいかにも卑《いや》しげな恒五郎という男によって磨かれたということか。

女を生まれ変わらせるようなことができるなど、琢ノ介は恒五郎を見直す思いである。自分には到底できることではない。

女房のおあきが、琢ノ介と一緒になる前よりずっとなまめかしくなったというようなことは、一切《いっさい》ないのだ。

――まあ、人にはそれぞれ得手不得手《えてふえて》というものがあるから、仕方あるまいよ。わしはそっちのほうの才はあまりないものな。

琢ノ介は看板娘を呼んで、茶のおかわりをもらった。それを喫しながら、ふと気づいたことがあった。

——そうか、お吟さんに会うのは、ほぼ一年ぶりになるのか。

去年の今頃、お吟は妾の周旋《しゅうせん》を頼みに、米田屋の暖簾《のれん》を払ったことがあるのだ。どこで聞き込んだのかいまだに琢ノ介にはわからないのだが、店に入ってきたお吟は、かわせみ屋の恒五郎さんの妾になりたいのです、といってきたのである。

その半月ほど前に恒五郎は、知り合いから仕事熱心で信頼できる口入屋だと米田屋のことを聞いたらしく、妾を見つけてくれるよう琢ノ介に頼んできていたのだ。

そのあたりのいきさつを、お吟はどういうわけか知っていた。

琢ノ介は、かわせみ屋の奉公人たちが読売の種《たね》を探して、江戸市中を回っていることを承知していた。それだけでなく、つかんだ商家の弱みなどを種に強請やたかりのような真似をはたらいているとも聞いていた。

恒五郎は、その元締《もとじめ》といっていい男である。奉公人に強請やたかりを命じているのは、まちがいなく恒五郎であろう。

三月《みつき》ばかり前に、恒五郎は隠居した。庄之助という養子がかわせみ屋を継いだ今も、店が以前と同じことをしているのかどうか、琢ノ介は知らないが、一年ほど前までは、まちがいなくそんな悪事をはたらいていた。

代替《だいが》わりした今もその悪評をぬぐいきれず、かわせみ屋がいろいろといわれているのは当然のことだろう。

一年ほど前、恒五郎が米田屋にやってきたとき、悪評高いかわせみ屋のあるじだと知って琢ノ介はその依頼を断りたかったが、そんなことをすれば、読売にあることないことを書かれるのは自明《じめい》のことだ。

仮に書かれても、琢ノ介自身はさして怖いとも思わなかったが、読売のことを信じてしまう知人や取引先が出てきてしまうかもしれない。家人《かじん》たちが、いわれもない中傷や非難を受けることも考えられた。

それゆえ琢ノ介は、かわせみ屋さんにふさわしい人を心がけておきますよ、とうわべだけは依頼を引き受ける形を取った。

どうせ恒五郎は、よその口入屋にも同じような依頼をしているはずなのである。

恒五郎から遅れること半月後に米田屋にやってきたお吟に、琢ノ介はかわせみ屋さんはやめておいたほうがよろしいと思いますよ、とやんわりといって周旋はしなかった。

その言葉を聞いたお吟は意外そうに琢ノ介を見ていたものの、わかりましたと素直にいって米田屋を出ていったのだ。

そのあとは案《あん》の定《じょう》というべきか、よその口入屋の周旋でお吟は望み通り、恒五郎の妾になったのである。

いま二人は恒五郎の隠居所で一緒に暮らしているはずだ。その家がどこにあるのか、琢ノ介は知らない。

その後、琢ノ介は二人に会うことはなかったが、考えてみれば、ここ牛込原町にかわせみ屋は店を構えているではないか。隠居したとはいえ、今も恒五郎がかわせみ屋に足を運ぶことは、さして珍しいことではないのではないか。

こうして恒五郎とお吟の二人にばったりと会うことになったのは、当然といえば当然の出来事なのかもしれない。

湯気を上げている汁粉が恒五郎たちのもとにもたらされた。

恒五郎は箸を取り上げ、まるで水飯《みずめし》でも食べるかのようにさらさらと汁粉を流し込んだ。

——どうやら恒五郎という男は熱さを感じんようだな。

そういう者がいると琢ノ介は聞いたことがあるが、人生で初めて会った。早食いができて便利のような気もするが、あまり体によくない食べ方であるのはまちがいあるまい。

「さてと……」

あっという間に汁粉を食べ終えた恒五郎がつぶやいた。茶店を出ていくのかと琢ノ介は思い、少しほっとしたが、そうではなかった。

「ちょっと厠《かわや》に行ってくる」

お吟にいって恒五郎が立ち上がった。

「どうも茶や汁粉などを腹に入れると、厠が近くなってな」

少し渋い顔でいって、恒五郎は茶店の裏手に向かった。どうやら、そちらに厠が設《もう》けられているらしい。

「お吟さん」

これはまたとない機会だと思い、すぐさま琢ノ介は声をかけた。

「はい、なんですか」

きらきらとよく光る瞳を、お吟が向けてきた。やはり、見れば見るほどいい女だ。こんな女を妾にしている恒五郎が、琢ノ介は少しうらやましく思えた。

――ふむ、わしも妾を持ちたいものだな。

ふと、そんな思いが脳裏《のうり》をよぎった。

──な、なにを馬鹿なことをわしはいっているのだ。

あわてて琢ノ介は自らの頭をごつんと殴りつけた。

──わしには、おあきがいるではないか。わしは、おあきとの間に子をもうけるのだからな。妾は万が一、おあきとの間に子ができなかったときに考えればよいではないか。いや、そんなことをしたら、祥吉《しようきち》が悲しむな。やはりわしは妾を持つことなどできん……。

「米田屋さん、どうされました」

琢ノ介に顔を寄せ、お吟が不思議そうにきいてきた。その顔を間近で見た琢ノ介はどきりとして唾を飲んだ。お吟が引き込まれそうにつややかな瞳をしていたからだ。あまりのお吟の色っぽさに琢ノ介は言葉を失った。

──いや、待て。

琢ノ介はお吟の顔を見直した。目の下に疲れたようなくまがあるのに気づいた。

「あ、ああ、いや、ちと考え事をしておりました。申し訳ありません」

「いえ、謝ることはありませんよ」

にこにことお吟がいった。

「それで米田屋さん、なにか」

「お吟さん、ご隠居と楽しく暮らしていらっしゃるようで、なによりです」

「確かに楽しく見えるかもしれませんが」

両手を重ねてお吟がうつむく。

「それが、そうでもないのですよ」

お吟を見つめてから、琢ノ介はそっと口を開いた。

「こんなことをいうと叱られるかもしれませんが、いわれてみれば、お吟さん、目の下にくまがあるように見えますよ」

「えっ、まことですか」

あわててお吟が目の下を指先でさすった。琢ノ介は茶店の裏手に目をやり、まだ恒五郎が戻ってきそうにないのを確かめた。

「まさか苦労されているんじゃないでしょうね」

「いえ、そんな」

こほん、とお吟が小さく咳払いをした。

「米田屋さんは今でも、かわせみ屋のご隠居はやめたほうがいいと思っていらっしゃるようですね」

いたずらっぽく笑ってお吟がいった。

「いや、そのようなことはないのですが……」

琢ノ介が言葉を濁すと、お吟があでやかに笑んだ。

「目の下にくまをつくっても、なんとかうまくいっていますから、米田屋さん、安心してくださいな」

「なんとかですか」

「ええ。男と女が一緒に暮らせば、いろいろとあるんですよ。なにもないほうがおかしいんじゃありませんか」

「確かにそうなのですが」

ふう、と琢ノ介は軽く息をつき、面を上げてお吟を見つめた。

「お吟さん、一年前、かわせみ屋さんが妾を求めていることを、なにゆえ知っていたのですか」

「それは……」

困ったような顔になり、お吟が言葉に詰まった。

「待たせたな」

そこに恒五郎が戻ってきた。

「なんだ、二人で顔を寄せ合ってなにを話していたんだ」

ふふ、とお吟が艶笑《えんしょう》した。

「旦那さまの悪口に決まっているじゃありませんか」

「やはりそうだったか」

縁台にどすんと腰を下ろした恒五郎が、わはは、と大声で笑った。

「わしはどこに行っても悪口ばかりいわれるな。この分では、長生きできんだろう」

「そんなこと、ありません」

きっぱりとした口調でお吟がいった。

「私が旦那さまを長生きさせてみせます」

「それはありがたい。せいぜいお吟に精を吸い取られんようにしよう」

「ええ、そうなさいませ」

「いや、お吟をとことんかわいがって、わしが若さをもらうことにするか」

はっはっ、と恒五郎が笑いながら往来を見やった。

「ご隠居――」

男が茶店に入ってきて、恒五郎に声をかけた。黒羽織を粋《いき》に着こなしている。恒五郎の前に立った男は、顔だけでなく、小袖《こそで》の袖口からのぞく腕も赤銅色で、がっしりとした体つきをしている。いかにも力が強そうで、これなら力士も十分につとまるのではないか、とすら思えた。琢ノ介には、その立ち居振る舞いがどこか武家のような雰囲気を醸《かも》し出《だ》している気がした。

——何者だ、この男は。

しかし、考えるまでもなかった。この男がかわせみ屋の跡を継いだ庄之助にちがいない。

庄之助とおぼしき男のたくましい姿を眼前にして、琢ノ介は気圧《けお》されるものを感じた。

庄之助は、なにか異様な迫力を全身から放っている。じっと見ていると、どういうわけか喉の奥が引きつるような気がした。

「米田屋さん」

にこにこと好々爺《こうこうや》のように笑んで、恒五郎が呼びかけてきた。

「これがわしの跡継ぎの庄之助だ」

やはりそうだったか、と琢ノ介は思った。

「こちらのお方が……。さようでしたか」

　ごくりと唾を飲んでから、琢ノ介は庄之助に向かって名乗った。すぐに朗々《ろうろう》たる声で庄之助が返してきた。

「お初にお目にかかります。庄之助と申します。未熟者ですが、どうか、今後ともよろしくお願い申し上げます」

「こちらこそ、よろしくお願いいたします」

　庄之助は二十七、八歳というところか。琢ノ介より五つ六つは若そうだ。

「庄之助は、このお吟の兄だよ」

　庄之助の腰のあたりを軽く叩いて、恒五郎がいった。そうだったのか、と琢ノ介は思った。お吟がうれしそうに笑っている。

　――恒五郎さんは、お妾の兄を養子に迎えたのか。

　なるほどな、と琢ノ介は納得した。

　――いかに恒五郎さんがお吟さんにまいっているか、このこと以上に知らしめてくれるものはあるまいよ。

　実際のところ、庄之助自身、相当の器《うつわ》の男なのではなかろうか。恒五郎が惚れ込んだのも、うなずける。

――もしかすると元武家なのではないか。剣も相当、遣《つか》いそうに見えるな。仕事のことなのか、腰をかがめて小声で恒五郎と話しはじめた庄之助をさりげなく見て、琢ノ介は思った。

――果たして直之進と、どちらが強いだろうか。

ということは、とすぐに琢ノ介は気づいた。

――この庄之助という男は、御上覧試合で二位になった直之進と拮抗《きっこう》するだけの腕前の持ち主ということになるのか。もちろん、わしの目に狂いがなければだが……。

それにしても、と思って琢ノ介は心中で首をひねった。

――それほど強い男が、これまで無名ということがあり得るのか。あるはずがない。

ともかく、と琢ノ介はさらに思った。庄之助というのは、これまでに見たことのない男だ。

自らにひどく厳しそうだ。孤高《ここう》、峻烈《しゅんれつ》、という二つの言葉を、琢ノ介は思い出した。

――どこか倉田佐之助《くらたさのすけ》に似ておらぬこともないが……。この男、なにか体から熱を発しているような気がするな。

これはいったいなんなのか、と琢ノ介は考えたが、この場ですぐに答えが出るはずもなかった。

――この男の胸中には、燃えるような志《こころざし》があるということか。

きっとそうなのだろう。

――志を抱く男か。かっこうよいな。

今の琢ノ介には、血のつながった子がほしいことと、米田屋の商売をさらに広げ、店をもっと大きくすることしか頭にない。

それはそれで男として悪くない夢だと思うのだが、庄之助が抱いているものは、そういうものではないように思えた。

「手前は、これまでさんざん悪さをしてきたのだが……」

縁台の縁《ふち》をとんとんと叩いた恒五郎が、不意に、琢ノ介に向かって口を開いた。横に座した庄之助に、好意の籠《こ》もった眼差しを投げる。

「この庄之助は、そういうことを決して許さんたちでね。もしまた悪さをしたら、素《そ》っ首《くび》を刎《は》ねるとまでわしにいっておるのだ。それゆえ、わしだけでなく店の奉公人たちも戦々恐々としておるのだよ」

——この庄之助という男がいうことなら、冗談でも嘘でもないのだろう。

「おや……」

庄之助の着物を見て、琢ノ介は声を上げた。庄之助は黒羽織の内側に弁慶縞《べんけいじま》の小袖を着込んでいるのだが、その襟元《えりもと》に赤黒いしみがぽつんとついているのだ。

「米田屋さん、どうかしたのか」

すぐに恒五郎が琢ノ介にきいてきた。

「いや、そこにしみが……」

手を伸ばし、琢ノ介は庄之助の襟元を指さした。えっ、と庄之助が声を漏らす。

すぐに恒五郎が庄之助の襟元を見つめた。眉根を寄せる。

「なにやら血のように見えるな」

お吟は心配そうに庄之助を見ている。

「庄之助、まさか殺生《せっしょう》でもやらかしたのではあるまいな」

「やらかしました」

神妙な顔で庄之助が認めた。

「なんだと」

顔を険しくして、恒五郎が庄之助を凝視した。琢ノ介も驚き、目をみはった。お吟も信じられないといいたげな顔で、庄之助を見ている。三人を交互に見やって、庄之助が不意に破顔《はがん》した。

「魚ですよ」

一瞬の静寂《せいじゃく》の間があった。

「ああ、そうだったか」

ははは、と静寂の幕を破るように笑って、恒五郎が庄之助の体を肘《ひじ》で押した。

「そうか、庄之助は釣りに行っておったのか。それでなにが釣れた」

「鯔ですよ」

「ほう、鯔か。寒い時季の鯔はうまいぞ」

「ええ、おっしゃる通りです」

ぎごちなさを感じさせる笑みを、庄之助が見せる。

——庄之助さんは、鯔がさして好きではないのかもしれんな。

江戸に住みはじめてすでに六年ばかりになるが、琢ノ介はこれまで鯔は一度も食したことがない。あまり食べたいとは思わなかったが、いわれてみれば、寒鯔《かんぼら》はおいしいと何人もの人から聞いたことがある。

そんなにうまいのならいずれ食べてみたいものだ、と琢ノ介は思った。

「庄之助、鯔は何尾《なんび》釣れたのだ」

なおも恒五郎が庄之助にきく。

「今朝は潮が悪く、一尾だけです」

「その一尾はどうした」

「釣ったその場で食べました。刺身にしたのです」

「ほう、塩水で洗った刺身か。そいつは、さぞうまかろう」

「ええ、臭みもなく、とてもおいしかったですよ」

「では、庄之助は釣りに行くのに包丁まで持っていったのか」

「包丁ではなく、匕首です」

恒五郎を見返して、庄之助が自らの胸を叩いた。そこに匕首がしまわれているようだ。

「ほう、わしのいう通りにしておるのか。庄之助、偉いぞ」

庄之助を見て恒五郎が誇らしげにいった。すぐに強い口調で言葉を続ける。

「跡を継がせておいてこんなことをいうのもなんだが、読売屋は因果《いんが》な商売だ。逆《さか》うらみされるのは日常茶飯事、おのが身になにがあるか、わからんからな。用心するのは、当たり前のことだ」

「ええ、よくわかっています」

恒五郎を見つめ返して、庄之助が深くうなずいた。

「これからも匕首は肌身離さぬようにします」

「それがよい」

「身を守るだけでなく、魚をさばくのにも重宝《ちようほう》しますからね」

——しかし、見れば見るほど、この庄之助という男は器量人《きりようじん》に見えるな。

計《はか》り知れない才能を持っているように感じられる。

——天下の偉材《いざい》というのは、さすがにいい過ぎかもしれんが……。

庄之助という男に琢ノ介は感心しきりではあるものの、その一方でなにか引っかかるものを覚えている。

それがなにかはわからないのだが、ときおり庄之助の瞳に宿る鈍い光が、この男はもしや常軌《じようき》を逸《いつ》しているのではないかと思わせるものがあるのだ。

勘ちがいとは思わない。米田屋の跡を継いで二年以上がたち、人を見る目は以前と比べかなり養われた。この目に狂いはないという確信が琢ノ介にはある。

——この男は、いずれなにかしでかすことになるのだろうか。なにか密《ひそ》かな企みを胸に抱いているということか……。

かわせみ屋のあるじの庄之助という男には、決して気を許してならない。

琢ノ介は、そう思えてならなかった。

三

上段から振り下ろされた竹刀《しない》が迫《せま》り来るのを、身じろぎ一つせずに湯瀬直之進はじっと見ていた。

速さをさらに増した竹刀が、おのが額《ひたい》を打とうとしたとき、直之進は手にしている竹刀をさっと上げた。

がしん、と強烈な衝撃が左腕に伝わってきた。その衝撃は岩にでもぶち当たったかのように、びりびりと全身にまで及んだ。

だが強い衝撃を感じただけで、直之進は左腕に痛みを覚えたわけではない。

もし、大山詣の前にこんな打撃を受け止めていたら、左腕に走った強い痛みをこらえきれず、竹刀を床に落としていたにちがいない。

いや、その前に相手の竹刀を受け止めるような真似はせず、咄嗟《とっさ》に斬撃《ざんげき》をよけていただろう。

今はそんなことをせずともよいのだ。直之進は、以前と同じような稽古《けいこ》ができるようになったのである。それだけで、直之進の胸には大きな喜びが湧いてくる。

体が思うように動くことが、これほどうれしいものとは直之進は思ってもいなかった。

――健やかさこそが一番の財産というが、まさに金言《きんげん》だな。

秀士館の剣術道場の師範代という立場上、これからも怪我《けが》を恐れずに稽古に励《はげ》んでいかねばならないが、三十を過ぎて、無理が利かない歳になってきたのは、疑いようのない事実である。

――もはや人生の先が見えはじめている歳だものな。傷の治りが、若い頃と異なるのは当たり前のことだろう。

ふと、えいえい、という激しい気合が直之進の耳を打った。はっとして顔を上げると、目の前に面《めん》をかぶった若者が立っていた。

直之進が考え事をしているあいだに、いつしか稽古相手と鍔迫《つばぜ》り合《あ》いになっていたのだ。

直之進が稽古をつけているのは、秀士館の門人の石脇周吾《いしわきしゅうご》である。七十石の御家人の四男坊で、束脩《そくしゅう》がいらない秀士館を選んで入門してきた男だ。

――ふむ、やはり若い顔をしておる。

面の中の周吾の顔は、つやつやと血色がよい。自分とはだいぶちがう。気合とともに、周吾はぐいぐいと直之進を押そうとしていた。

――まだまだではあるが、だいぶ力強くはなってきたな。

顔を赤くして周吾は、必死に直之進を押してきている。もともと力は強いのだが、鍔迫り合いの際、これまではどこに力を入れるべきなのか、さしてわかっていなかった。

ただ力任せに押すのでは駄目なのだ。目のつけどころをどこに置き、どこに向かって力を入れていくか、それらが肝心なのである。

――しかし、うれしいな。

両腕と丹田に力を込めて、直之進は周吾をぐいっと押し返した。足を踏ん張り、周吾は必死に耐えようとする。

――うむ、痛くない。

直之進の左腕は、今はどんなに力を込めても痛むことはない。

――すっかりよくなったといってよいのではないか。

やはりこれは、中川温泉の効能としかいいようがない。

なにしろ天下の名医である雄哲《ゆうてつ》ですら手こずっていた左腕の痛みが、湯に浸かっただけであっさりとよくなってしまったのである。

中川温泉の効能以外、今の直之進には考えられない。

大山詣の目的は、秀士館館長の佐賀大左衛門《さがだいざえもん》に命じられた納太刀《おさめだち》だった。

阿夫利神社には、源頼朝《みなもとのよりとも》の故事にならい、ひときわ大きな木刀を奉納するという風習があるのだ。

大左衛門が納太刀を直之進に命じてきたのは、秀士館の末長い繁栄を祈ってのことである。

往復で四泊五日という強行軍だったが、直之進の左腕を心配した佐賀大左衛門の勧めもあって、直之進は大山詣のついでに甲斐国《かいのくに》との国境《くにざかい》近くにある中川温泉に寄り、御上覧試合で骨折して治りがひどく悪い左腕の湯治を試してみたのだ。

中川温泉には一泊したのみであったが、武田信玄が戦《いくさ》で傷を負った将兵たちを癒《い》やさせたという湯だけのことはあって、直之進の左腕は劇的によくなったのである。

むろん、大山の阿夫利神社の御利益《ごりやく》も関係ないとはいえないだろう。とにかく、両手をのびのびと使い、びしびしと遠慮なく竹刀を振るえるということが、これほど気持ちよいことだとは、直之進は思いもしなかった。長いあいだ忘れていた感触である。

——この試練を乗り越えた俺は、きっともっと強くなれるのではないか。

さらに上達できるはずだ、との思いを直之進は新たにしている。

なおも周吾が必死の形相で押してくる。周吾が相手だからといって、直之進には一歩たりとも引く気はない。

直之進は門人たちに常々、鍔迫り合いからは決して引くな、と命じてある。よほどの達人でない限り、鍔迫り合いから後ろに引くとき、必ず隙ができるのである。

周吾は今、直之進の言葉を忠実に守ろうとしており、ひたすら猪突《ちょとつ》のように体全体で押してきている。

——うむ、いいぞ。これでもう少し右肩が入ったらよいのだが、そのことはこの稽古が終わったあとに話すとしよう。

目の前の周吾の腕は、入門時とは格段にちがうものになっている。

ここまで上達したということは、周吾は見えないところでも相当の努力をしたにちがいない。

――よくがんばったな。

周吾の押しを全身で受け止めつつ、直之進は心で褒《ほ》めたたえた。

――その調子でこれからもがんばるのだ。一所懸命に稽古に励めば、必ず強くなれる。もっとも、俺も負けずにがんばるがな。おぬしに追い越されるわけにはいかぬゆえ。

どうすれば、もっと強くなれるのか。なにをやれば、日《ひ》の本一《もといち》の剣士になれるのか。それについて直之進の中で答えは出ていない。今は、ここ秀士館でひたすら努力を重ねていくしかないと考えている。

鍔迫り合いで押し続けるのにさすがに疲れたか、周吾の気合から力強さがわずかながらも薄れてきているのを、直之進は敏感に感じ取った。

――ふむ、いくらなんでもこのまま押し続けさせるのでは、かわいそうだな。よし。

すぐさま決意した直之進は、鍔迫り合いについにこらえきれなくなったという体《てい》を装って、後ろにひらりと跳んだ。

やった、とばかりに面の中の周吾の顔がぱっと明るくなった。同時に、直之進の小手《こて》を狙って、素早く竹刀を振るってきた。

小さく鋭い振りだったが、周吾の竹刀は直之進にははっきりと見えており、かわすのもできなくはなかった。

だが、直之進によける気はなかった。

周吾が放ってきた一撃は、この一瞬しかないというところを捉えてのもので、見事としかいいようがなかったからだ。

直之進としては周吾に、こうすればうまくいくのだということを、竹刀でこちらの身を打たせることによって体に覚え込ませてほしかったのである。

びしっ、と直之進の右手首のあたりから鋭い音が立った。周吾の竹刀の俊敏《しゅんびん》な動きは、鮮やかとしかいいようがなかった。

むう、と直之進は偽りではなく、うなり声を発した。防具は一切つけておらず、さすがにうなりをこらえられないほどの強い痛みが、右手首に走ったのだ。

――しくじったな。

左手で竹刀をだらりとさせて、直之進は顔をゆがめた。

竹刀の動きがはっきりと見えていた以上、本当は、もう少しやんわりと受けるつもりだったのだ。

左腕の治りが悪いせいで、しばらく稽古をしていなかったつけが回ったとしかいいようがない。思った通りに体が動かなかったのである。

いやそれ以上に、と直之進は思った。

――周吾の上達ぶりが急ということなのだろう。もともと素質や筋は素晴らしいものがあったからな。

秀士館の道場で稽古をしているのは、いずれも腕前を認められて入門してきた者ばかりである。

その一人に小手をしたたかに打たれたのだ。痛くないはずがなかった。

琢ノ介なら、情けない悲鳴を上げて床を転《ころ》げ回《まわ》るに決まっている。

――そういえば、あの男は今も俺たちの家を探しているのかな。

厳密には、直之進たちを住まわせたい家である。琢ノ介は直之進一家が小日向東古川町から秀士館敷地内の家に引っ越したことで会う機会がめっきり少なくなり、寂しくてならず、直之進一家が近所に越してきてくれるようにと、これぞという家を探そうとしているのだ。

琢ノ介のことを考えたら、まるで痛み止めの薬でも塗布《とふ》したかのように、右手首から痛みが引いていった。

——琢ノ介、かたじけない。助かった。

心で礼をいうと、人のよさそうな顔が眼前にあらわれ、にこにこと笑った。

「湯瀬師範代、大丈夫ですか」

歩み寄ってきた周吾が声をかけてくる。

「ああ、大丈夫だ」

周吾を見つめて直之進はいった。

「まさかそれがしの小手が湯瀬師範代に入るとは思わず、手加減なしで思い切り打ってしまいました」

「それでよいのだ」

深くうなずき、直之進はにこやかに周吾にいった。

「手加減して、技が上達することなどあり得ぬ。力むのはよくないが、常に全力で稽古をすることこそが上達の早道だ」

「はい」

神妙《しんみょう》な顔で周吾が顎《あご》を引く。

「周吾、今の竹刀の間と腕の使い方、竹刀の振るい方、いずれも素晴らしかったぞ」

「はい、ありがとうございます」

「今の間《ま》を忘れることなく、体に染み込ませるように覚えるのだ。鍛錬《たんれん》を繰り返せ。周吾、わかったか」

「わかりました」

元気な声で答えたが、すぐに面の中の周吾の顔がいぶかしげなものになった。

「あの、湯瀬師範代……」

「なにかな」

「そこまでそれがしの竹刀が見えていらっしゃったということは、もしやわざと打たれたのではありませぬか」

その問いかけを聞いて直之進は微笑した。

「俺がわざと打たれたとしたら、周吾は落胆するか」

「いえ、そんなことはありませぬ」

元気を取り戻した声音《こわね》で周吾がいった。

「それがしが自信を持てるようにと配慮してくださった湯瀬師範代のお心遣い

に、感謝いたします」

素直でよい男だな、と直之進は周吾を見て思った。

――こういう男は、必ずや伸びてくるものだ。

直之進は、周吾の将来が楽しみでならない。

――周吾は、いつかこの俺を凌駕《りょうが》する腕前に達するかもしれぬな。

不意に、ばしんっ、と鋭い音が直之進の耳に届いた。

はっとして見やると、倉田佐之助が一人の門人に稽古をつけているところだった。

佐之助が相手をしているのは、周吾と親しくしている北潟早三郎《きたかたそうざぶろう》である。五百三十石の旗本の跡取りということも関係しているのか、のほほんとしたところがあり、酒にもだらしなく、剣術に取り組む心にも甘さが目立つ男だが、筋はなかなかよく、つぼにはまったときの逆胴《ぎゃくどう》の素晴らしさは、直之進の目を奪うほどだ。

いま佐之助は、早三郎の上段からの一撃を、竹刀で弾《はじ》き飛ばしたばかりのようだ。早三郎の両腕が力なく上がっている。

道場一杯に広がって大勢の門人たちが稽古を行っているが、その中でも、佐之助の竹刀が放つ音は別格としかいいようがない。

早三郎が竹刀をなんとか握り直し、正眼《せいがん》に構えた。肩で息をしている。

「行くぞっ」

凜《りん》とした声を放った佐之助が、すっと前に出た。一瞬で相手の間合に飛び込むや、佐之助の竹刀が正確に早三郎の面を捉えようとした。

咄嗟に早三郎が佐之助の斬撃を竹刀で打ち返した。

——ほう、やるな。

こういうところが、早三郎は筋がよいと思わせるのだ。

いつもはどっしりとした竹刀さばきを見せる佐之助ではあるが、今日は珍しくめまぐるしく竹刀を繰り出しはじめた。

——ほう、こいつはまたすさまじいな。

門人たちの誰も知らないが、佐之助は以前、殺しを生業《なりわい》にしていたことがある。

その頃、直之進は佐之助と真剣で戦ったのだが、そのときのことを思い出させる激しさである。

あのときの戦いは文字通りの死闘となり、直之進も佐之助も傷だらけになった。最終的には直之進が勝利をおさめたが、佐之助の息の根を止めるには至らず、痛み分けといってよいものだった。

あの戦いのあとも傷がなかなか本復《ほんぷく》に至らず、直之進は苦労した。もっとも、本復しなかったのは、受けた傷が多すぎたからでもあった。

いま早三郎は、佐之助の激しい攻撃を必死に受け続けている。

その様子を目の当たりにして、おや、と直之進は目をみはった。

佐之助の動きが、今日はどういうわけかはっきりとわかるのだ。次に佐之助がどういう手を繰り出すつもりなのか、手に取るように知れるのである。

——これはなんだ。佐之助の具合が悪いのか。それとも、俺の腕が上がったのか。

いや、そうではない、とすぐに直之進は思い直した。

——必死になりながらも、ああして早三郎が受け続けていられるのだ。激しさを装いつつ、倉田も手加減しているということだ。

つまりはそういうことだ、と直之進は納得した。

ふと姿勢を低くして、佐之助が逆胴に竹刀を振るった。

その一撃をものの見事に受けてみせた早三郎だったが、次に佐之助が右手のみで繰り出した突きは見えなかったようだ。

どん、と音がした次の瞬間、早三郎は後ろに吹っ飛んでいた。背中から床に落ち、ずずずと滑ってようやく止まった。

その光景を眺めて、直之進は息をのんだ。

——倉田の狙いが突きだったとはな。今のは俺にもわからなかった……。

直之進が、読めなかった佐之助の突きである。さすがにすさまじいまでの迫力があり、早三郎が死んでしまったのではないかと思わせる激しさがあった。直之進の横で、周吾もあっけにとられている。

息が詰まったらしく、早三郎が体を丸めて咳《せ》き込《こ》みはじめた。

「大丈夫か」

足早に近づいた佐之助がしゃがみ込み、早三郎を起き上がらせて背中をさすった。

——ほう、優しいな。

あそこまで佐之助がやるなど、これまでほとんど目にしたことがない。

——倉田は相当、早三郎に目をかけているようだ。

「は、はい、大丈夫です」

佐之助を見つめて早三郎が深くうなずいてみせる。

「あの、面を取ってもよろしいですか」

「じき午前の稽古は終わりだろう。構わぬ」

「ありがとうございます」

その場に端座《たんざ》し、早三郎が面を外した。

「倉田師範代、今の突きは本気を出されたものですか」

顔を上げて早三郎が佐之助に問うた。

「本気だったのかというと、それはちがうな。本気の半分ほどか」

えっ、と早三郎が驚愕《きょうがく》の表情になる。その言葉には直之進も驚いた。

「本気の半分……」

早三郎は信じられないという顔だ。佐之助が小さく笑う。

「半分というのは、さすがにいい過ぎか。六割ほどだ」

「それでも六割……」

佐之助が本気になったら、いったいどれだけすごいのか、それを知りたいといいたげな顔に早三郎はなっている。

直之進も、いま佐之助が本気を出したらどのくらいすさまじい技を繰り出すのか、確かめてみたいものだと思った。

ふと直之進は佐之助と目が合った。

「じき九つだ。倉田、午前の稽古を終わりにするか」

佐之助に近づいて直之進は声をかけた。

「そうしよう。切りもいいようだ。湯瀬、左腕はもうすっかり大丈夫のようだな」

「うむ、その通りだ」

「まさか中川温泉の湯治にそれほどの効力があるとは、俺は知らなんだ」

「俺も同じだ」

佐之助にうなずいてみせてから直之進は、見所《けんぞ》に座して皆の稽古をまるで慈父《じふ》のように見守っていた師範の川藤仁埜丞《かわとうじんのじょう》のもとに歩み寄った。師範、と声をかける。

「そろそろ午前の稽古を終わろうと思いますが、よろしいでしょうか」

うむ、と仁埜丞が直之進を見てうなずいた。

「よかろう。直之進、腕はなんともないようだな」

ああ、師範は俺のことを気にかけてくださっていたのだな、と直之進はうれしかった。

「はい、おかげさまで」

「本復したようで、とにかくよかった。安心したぞ」

「はい、ありがとうございます」

笑みを浮かべて、直之進は仁埜丞に礼を述べた。佐之助に歩み寄り、よいぞ、と告げる。

「よし、午前の稽古はこれまでだ」

戦場往来の武将を思わせる、張りのある声で佐之助が門人たちにいった。

道場内の喧噪《けんそう》が徐々に収まっていくのを、直之進は黙って見ていた。

四

八つの鐘《かね》が鳴ったのを耳にした途端、琢ノ介は空腹を感じた。

——なんでわしは、こんなに早く腹が減るのだろう。

歩きつつ琢ノ介は首をかしげた。

——大山詣に行ったときも、わしがいつも一番に腹が減った、早くなにか食べたいといっていたような気がするな。

いや、それは決して気などではなく、まことのことだ。直之進や珠吉が、大仰《おおげさ》に腹が空いたと口にするようなことは一度もなかった。

――ふむ、なにか食うかな。小腹を満たしたほうがいい気がするが……。

しかし、昼に汁粉や団子、饅頭をたらふく食べたばかりだ。今は我慢しておくほうがよさそうだと、琢ノ介は判断した。

――前に雄哲先生がおっしゃっていたが、食べ過ぎは、とにかく体によくないらしいからな。わしは、倒れるわけにはいかんのだ。

もし不摂生《ふせっせい》のせいで自分が床《とこ》に伏せるようなことになったら、米田屋自体が倒れかねないのである。

米田屋で一緒に働いているおあきやおれんは口入れの仕事についてよく把握《はあく》しているが、外に出て注文を取ってくるようなことは、まずやれないだろう。必要とあらば外回りはやるにちがいないが、琢ノ介のように相手にうまく取り入って、他の口入屋を差し置いて注文を取るという真似は、できるはずがない。

もし琢ノ介が床に臥《ふ》すような状態が続けば、今の江戸は口入屋の数も多くなっており、競《せ》りも激しくなっているから、得意先は次々に奪われていくにちがいない。自然、米田屋の商売は、じり貧《ひん》にならざるを得ない。

それに、おあきとのあいだに実の子ができても、自分が健やかで長生きできなければ、その成長を見届けることができない。

――我が子の成長を見守ることができんなど、そんなのは勘弁してもらいたいからな。

空腹であるのを無理に忘れ、琢ノ介は一人、道を歩き続けた。

――あれ、ちと小便がしたくなってきたぞ。

どこかに厠はないか。どこか立ち小便できそうな場所はないか。

そんな思いを抱きながら琢ノ介は、目当ての金杉水道町《かなすぎすいどうちょう》に入ったのを知った。

それから十間ほど進んで足を止め、目の前の乾物問屋《かんぶつどんや》を見上げた。

五間ほどの間口を誇る建物の屋根の上に、『出水屋《いずみや》』と黒々と墨書《ぼくしょ》された扁額《へんがく》が掲げられている。

「ああ、着いたな」

口中でつぶやいた琢ノ介は、風にふんわりと揺れる紺色の暖簾に歩み寄った。

「失礼いたします」

暖簾を払い、琢ノ介はよく踏み締められた感のある二十畳ほどの広さの三和土《たたき》に立った。

「いらっしゃいませ」

もみ手をして琢ノ介に寄ってきたのは、出水屋の番頭の博助《ひろすけ》だ。歳はまだ三十半ばと若いが、よく気が利いて気配りができると評判の男である。

「ああ、これは米田屋さん」

琢ノ介を見て博助がにこりとした。

「出水屋さんには、いつもお世話になっております」

博助に向かって琢ノ介は深々と頭を下げた。

「いえいえ、お世話になっているのは手前どものほうですよ」

にこにこと笑んで博助がいった。

「米田屋さんが周旋してくれた陽吉《ようきち》のおかげで、手前ども奉公人は、とても喜んでおります」

その言葉を聞いて、琢ノ介はほっと胸をなで下ろした。

「それはよかった」

ここ出水屋は、琢ノ介自ら足繁《あししげ》く通って取引をはじめることができた得意先の一つだ。

「陽吉は本当に腕がいいですね」

博助は心から陽吉のことをほめたたえているように、琢ノ介は感じた。

「ああ、さようですか。名の知れた料亭にいたというのは、伊達《だて》ではないということなのでしょうね」

「手前どもは奉公人も大勢おりますので、食事の世話がたいへんでして。それほどの腕の板前が、うちの厨房で働いてくれているんですからね、手前どもはありがたくてなりませんよ」

「それは、うれしいお言葉です」

このようなことをいわれると、心が弾んでくる。まさに、口入屋冥利《みょうり》に尽きるというものだ。ありがとうございます、と琢ノ介は自然に腰を折っていた。

「それで、米田屋さんは陽吉に会いに見えたのですね」

面《おもて》を上げるようにいったあと、博助が琢ノ介にきいてきた。

「ええ、さようです」

「では、いま呼んでまいりましょう」

気軽に奥の内暖簾《うちのれん》に向かって歩き出そうとした博助が、ふと気づいたように足を止めた。ああ、と声を上げて琢ノ介を振り返って見る。

「そういえば陽吉は、いま夕食の買物に出ているはずですよ」

申し訳なさそうな顔で博助が告げた。

「夕食の買物に……」

さっき八つの鐘を聞いたと思ったら、もうそんな刻限なのか。腹も減るわけだ。

ええ、と博助がうなずく。

「先ほど厠で陽吉に会ったのですが、これから買物に行ってきます、といっていましたから。でも、まだ出かけていないかもしれないので、やはり確かめてきましょう」

微笑を口元に浮かべて、博助が再び歩きはじめようとする。

「いえ、博助さん、それには及びません」

すぐに琢ノ介は博助を引き留めた。えっ、という顔をして博助が琢ノ介に向き直る。

「博助さんのお話から、このお店《たな》で陽吉さんがとても大事にされていることがわかりました。居心地もよいのでしょう。陽吉さんに不満はないのではないでしょうか。ですので、陽吉さんから話を聞くまでもありませんよ」

「ああ、さようですか」

「陽吉さんも出水屋さんのような店で働けて、とても喜んでいると思いますよ」

「そうだったらよいのですが……。手前どもは、陽吉のような奉公人にはいつまでもいてもらいたいですからね」

間を置くことなく博助が言葉を継ぐ。

「陽吉はいつも笑顔で、気持ちのよい男です。その上、包丁の腕も最高となれば、手前どもは手放したくありません。米田屋さんには、とてもよい料理人を紹介していただきました」

「それはまた、この上ないお言葉ですよ」

もともと、出水屋のあるじの静右衛門《せいえもん》は奉公人たちのために、できるだけおいしい食事を供《きよう》したいと考えていたのだ。素晴らしい食事は、仕事の活力になるからだ。よく働いてくれている奉公人に、感謝の気持ちをあらわしたいとかねがね思っていたのである。

一方、まだ三十前だった陽吉は、半年ばかり前に十五歳から働いていた料理屋をやめた。店の主人から将来を嘱望《しよくぼう》されていた腕だったが、先輩の料理人が陽吉のかわいがっていた弟子《でし》をいじめているのを知って、耐えきれなくなり、ぶん殴ってしまったのだ。先輩の料理人は顎の骨が折れ、三月以上は普通に物が食べられなくなった。

主人が内済《ないさい》という形で終わらせてくれたおかげで町奉行所に突き出されるようなことにはならなかったが、その料理屋はやめなければならなくなった。

先輩の料理人を殴ったということで、ほかの料理屋への奉公もまず叶わなくなった。いくら腕がよくても、目上の者に手ひどい暴力をはたらくような者は、どんな店でも、まず必要とはされない。目上の者を大切にすることこそが、守り行うべき人の道であると今の江戸の世では強くいわれているのだ。それに逆らう者は、この世間から除かれてしまう運命《さだめ》にあるのだ。

自力での奉公先探しをあきらめた陽吉は、ある日、米田屋にやってきた。米田屋のことを知っていたわけではなく、ただ暇を持て余してふらふらとどこへ行く当てもなく江戸の町を歩いているとき、風に揺れる一軒の商家のものらしい暖簾が、どういうわけか神々《こうごう》しく光り輝いて見えたのだそうだ。

あの暖簾はどうしてあんなふうに光っているのだろう、と不思議に思って陽吉は米田屋に近づいていったそうだ。なんとなく暖簾に呼ばれているような気もしたらしい。

そして、暖簾を払って戸を開けたところ、土間に一人の若い女性が帳面を手に立っており、すぐに話を聞いてくれたという。

その女性の美しさに目を奪われたと陽吉はいっていた。神々しさのもとはこの女性だったのか、と納得したそうだ。

店に入ってきた陽吉の話を聞いたのは、おあきの妹のおれんである。おれんが陽吉の話を聞き終わったところに、ちょうど外回りから琢ノ介が帰ってきたのだ。

おれんはすぐに、陽吉の境遇を琢ノ介に伝えてきた。

琢ノ介は数日前に、腕のよい料理人がほしいと出水屋のあるじの静右衛門からいわれていたことを思い出し、すぐさまその一件を陽吉に話した。願ってもない話ですよ、と陽吉はうれしそうにいった。

翌日、琢ノ介は陽吉を出水屋に連れていき、静右衛門に引き合わせた。かわいがっていた弟弟子をいじめていた兄弟子を殴るなど男気があるではありませんかと静右衛門は逆に喜んでくれ、すぐさま陽吉の採用が決定した。

陽吉の板前としての腕のことを、静右衛門はきかなかった。その道十数年の者がまずいものをつくるはずがない、と笑っていってくれたのである。

陽吉は陽吉で、包丁の腕を振るえるのならどこでもよいと考えていたようだし、静右衛門の人柄に惹かれもしたらしい。

そういういきさつもあって、琢ノ介自身、陽吉が出水屋の処遇に不満を抱いているとは思っておらず、今日は訪問の必要もないのではないかと考えていたのだが、陽吉の顔を一目見たいと思って足を運んでみたのだ。

「陽吉が元気で働いているのがわかって、安心いたしました。これからも、陽吉のことをよろしくお願いいたします」

博助に丁寧に礼をいって、琢ノ介は出水屋を出ようとした。しかし、尿意がもはや我慢できないところに達してきていた。

——そうか、ちと忘れていたが、わしは小便がしたくてならなかったんだったな……。えい、ここは仕方ない。恥を忍んで頼むとするか。

「あの、博助さん。厠を貸していただけないでしょうか」

「ああ、お安い御用ですよ。米田屋さん、こちらにいらしてください」

三和土から一段上がった板敷きの大部屋があり、琢ノ介は草履《ぞうり》を脱いで上がり込んだ。それから店の裏庭の端にしつらえられた厠に案内された。

どうやら出水屋の家人のための厠ではなく、これは奉公人のためのもののようだ。

「どうぞ、ご存分に」

にこりとしていって、博助が琢ノ介のそばを離れていく。

扉を開けて厠に入った琢ノ介は、盛大に放尿した。ああ、とあまりの気持ちよさに声が漏れた。さすがにほっとしたが、まるで終わらないかのように長く小便は出続けて、琢ノ介はそのことに少し驚いた。

さっぱりして厠を出、廊下を渡って表のほうに戻りはじめた。

ふと、店先から人を怒鳴りつけるような強い調子の声が聞こえてきた。なんだ、と琢ノ介は思った。

——いったいなにが起きておるのだろう。

眉根を寄せた琢ノ介は、足早にそちらに向かった。

内暖簾を払って店先に出ると、顔を真っ赤にした男が三和土に立ち、博助に向かって声を荒らげているのが見えた。

あまり人相のよい男とはいえない。やくざ者だろうか、と琢ノ介は思った。

——だがやくざにしては、身なりはさほど悪くないな。

着ている物はこざっぱりとしており、月代《さかやき》もしっかり剃っている。顎や頬にも、無精ひげらしいものは浮いていない。

歳は三十代半ばというところか。体は細く、力はあまりなさそうではあるが、いかにも敏捷《びんしょう》な感じがある。

――ああ、そういえば、あの男、これまで何度か見かけたことがあるが、名はなんというのだったかな。どこの者だったか……。ふむ、思い出せんな。

「いいかい、もう一度いうぜ」

すごむように男がいい、博助に顔をぐっと寄せた。博助がわずかに後ずさりする。

「俺はな、昨日、ここのするめを買ったんだ。それを今朝食べたら、あまりに堅くて歯が欠けたんだ。大事な歯だぜ。それが欠けたんだよ。いったいどうしてくれるんだ」

口を大きく開け、男が博助に口中を見せつける。確かに上の前歯が一本、なくなっているのが琢ノ介に見えた。

「そうおっしゃいましても……」

博助が困ったような顔をする。目に怒りをたたえて、男が口を閉じた。すぐに言葉を吐き出す。

「ここのするめはまるで石ころみてえに固《かて》え。あんなひどい物を客に売っておいて、なにも償《つぐな》おうとせんなど、あり得んだろう」

「償いでございますか」

ははん、とようやく琢ノ介は男の狙いを知った。

――あの男、くだらんいちゃもんをつけて、出水屋さんに金をたかろうという魂胆か。

「番頭のおまえじゃ話にならん。あるじを呼べ。あるじの静右衛門さんをここに呼びな」

さらに男が声を張り上げた。

「えっ、あるじでございますか」

「そうだよ。何度もいわせるな。さっさと呼びな」

「しかし……」

ぎゅっと唇を嚙んだ博助の表情から、あるじに迷惑をかけるわけにはいかない、なんとしてもここは自分が対処してやろうという決意がうかがえた。

――主家《しゅか》のために、自分の力で解決しようとしているのだな。けなげな男よ……。

胸を打たれた琢ノ介は博助のことを放っておけず、あいだに入ることにした。

「おい、あんた」

一段上がった板敷きの上から、琢ノ介は男に声をかけた。

なんだ、この男は、という目で男が琢ノ介を見返してくる。

「するめを食べて歯が欠けるなど、それはするめのせいではなく、おまえさんの歯が弱っておるのだ。おまえさんが、ただ歳を取ったに過ぎん。そんなことでいちゃもんをつけるなど、いい歳の大人がすることではない」

できるだけ柔らかな口調を心がけて、琢ノ介は男にいった。

「なんだと。てめえこそ、俺にいちゃもんをつけてるじゃねえか」

男が怒りの矛先《ほこさき》を琢ノ介に向けてきた。琢ノ介を改めて見て、おっ、と声を漏らす。

「おめえ、確か口入屋の米田屋じゃねえのか」

ほう、と琢ノ介は思った。

「よく知っているな。その通りだ」

——こやつは、わしのことは見知っておったか。さて、こやつはいったい何者だったか。

男を見返して琢ノ介は考えたが、相変わらず答えは出ない。

「いいか、米田屋。俺は、この番頭と話をしているんだ。関係のねえ者が邪魔をするんじゃねえ」

「いや、そういうわけにはいかんのだ」

男を見ながら琢ノ介は、三和土の上の草履を履いた。

「出水屋さんは、うちの大事な取引先なんでな。得意先が困っているところを、見過ごすわけにはいかんのだ。もしそんなことをすれば、人の道にもとることになる」

へっ、と男が琢ノ介を馬鹿にするような笑いを見せた。

「口入屋風情《ふぜい》が偉そうにいってやがるな。いったいおめえになにができるっていうんだ」

「これでも、わしはけっこう遣えるんだぞ。こう見えても侍だったんでな」

「侍だった……」

つぶやいて男が眉根を寄せた。そばで博助も意外そうな顔になっている。

「遣えるっていっても、今は丸腰だろう」

「剣が遣える男というのは、他の武芸にもたいてい秀《ひい》でているものだ。わしの場合は柔術《じゅうじゅつ》だな」

「柔術……」

「だいたい、するめで歯が欠けたとかいうが、おまえさん、出水屋さんにただ金をたかろうとしているだけではないか。そんな真似はやめて、とっとと家に帰ったほうが身のためだぞ」

「そういうわけにはいかねえよ。歯が欠けたのは出水屋のするめのせいなのは、まちがいねえんだ。この落とし前はつけてもらわねえと、ならねえんだ」

「そんな脅しで金が手に入ると思っているのが、片腹痛い。どうせ、おまえさん、そのあたりで転んで顔を打ち、歯を欠いたのではないのか」

うっ、と一瞬、男が詰まった。

「なんだ、図星《ずぼし》だったか」

これは琢ノ介としても意外だった。

「図星なんかじゃねえ。てめえは、すっこんでいやがれっ」

「いや、だからそういうわけにはいかんといっておるだろう」

飄々《ひょうひょう》とした口調で琢ノ介はいった。

「てめえ、本当に痛い目に遭いてえのか」

「遭いたくはないさ。痛いのは嫌いだからな。だが、おまえさんに、わしを痛い目に遭わせるのは無理だな」

「なら、試してみるか」

腰を低くし、男が身構える。琢ノ介から見ても、男は隙だらけである。胸を指先で、とん、と突けば、たやすく後ろにひっくり返りそうだ。

「うむ、試してみるがよかろう」

鷹揚《おうよう》に琢ノ介はいった。

「よし、じゃあ思いきり痛い目に遭わせてやるからな。覚悟しやがれっ」

叫ぶようにいって男が殴りかかってきた。

顔に迫ってくる男の拳は琢ノ介の目に、はっきりと映り込んでいる。

用心棒だった頃は、真剣で何度も戦った。米田屋を継いでからは争いごとは避けてきたが、この程度の男の拳など、琢ノ介にとって赤子を相手にするのも同然だった。

――おまえさんが知っているはずもないが、わしは敵との戦いの際、直之進に背中を任されたこともある男なのだぞ。

琢ノ介の腕に相当の信頼を置いていない限り、そんな真似ができるわけがない。

　――つまり俺は天下《てんか》で第二位の剣の遣い手に認められた男なのだ。

　いや、御上覧試合で優勝した室谷半兵衛《むろたにはんべえ》はすでにこの世に亡《な》い。直之進は今や天下第一の遣い手なのかもしれない。

　男の拳が顔に届くぎりぎりまで待って、琢ノ介はひょいとよけた。男の拳は空《くう》を打ち、その弾みで蹈鞴《たたら》を踏んだ男が、わっ、と悲鳴のような声を上げた。

　三和土の上で体勢を崩し、その拍子《ひょうし》にすってんと転んだ。男はあわてて起き上がると、肩をいからせて琢ノ介をにらみつける。

「てめえ、汚《きたね》え真似をしやがって。俺の足を引っかけやがったな」

　その言葉に琢ノ介は、あっけにとられた。

「いや、わしはなにもしておらんぞ。おまえさんが勝手に転んだんだが……」

「てめえ、もう許さねえ。あの世に送ってやる。覚悟しやがれっ」

　懐にさっと手を入れた男が、ぎらりと目を光らせた。わざとそろそろと出したらしい手には、鞘におさまった匕首が握られていた。匕首を襟元まで持ち上げ、鞘から身を抜いて右手に持つ。鞘は懐に落とし込んだ。

　その男の姿を見て博助が、ひっ、と喉を鳴らしたが、琢ノ介にはなんの脅威《きょうい》にもなっていない。

「死にたくなかったら、とっとと失《う》せな」

凄《すご》みを利かせた声で男が琢ノ介にいった。ふふん、と琢ノ介はせせら笑った。

「だからおまえさんに、わしを殺すのは無理だといっておるだろう。傷を負わせることもできんよ」

軽く首を振って琢ノ介は男に告げた。

「なあ、そんな物騒《ぶっそう》な物を持ち出してはいかんよ。自分が怪我をするだけだぞ」

横で博助がはらはらしている。

「博助さん、ちと下がっていてください」

目を向けて琢ノ介は博助にいった。

「わ、わかりました」

あわてて博助が脇にどく。ほかの奉公人はこの騒ぎを聞きつけていないのか、一人も店の表に顔を見せていない。得意先回りや配達などで、出払っているのかもしれない。

「てめえ、いいたい放題いいやがって、覚悟しやがれっ」

口から唾を飛ばして男が怒号《どごう》し、匕首を腰だめにして突っ込んできた。猪突の勢いで琢ノ介に近づいてくる。

その動きも琢ノ介にはよく見えていた。

――わしはこのあいだ、相模の下鶴間宿《しもつるましゅく》で薩摩の剣客末永弥五郎と相《あい》まみえたばかりだぞ。残念ながら末永にはこてんぱんにのされたが、おまえさんはあやつではないからな。おまえさんを屠《ほふ》るなど、わしには朝飯前のことでしかない。

もっとも、琢ノ介に男を殴りつけようなどという気は一切ない。怪我をさせることなく目の前の男を退散させようと考えている。

男の突進を、琢ノ介はひらりとかわした。琢ノ介の横を通りすぎた男が、すぐさま足を止める。琢ノ介に向き直り、間髪《かんはつ》容れずに突っ込んできた。

無駄なことを、と思いつつ琢ノ介はそれもよけた。

くそうっ、と毒づくようにいって男がなおも突進してきた。また琢ノ介にかわされることを見越してか、今度は腰だめではなく、右手で握ったまま一気に近づいてきた。

琢ノ介を間合《まあい》に入れたと見たか、男は匕首を横に振ってきた。ぶうんと風を切る音がしたものの、その振りに琢ノ介は鋭さのかけらも感じなかった。

一歩だけ横に動いて琢ノ介は軽々とよけた。

「てめえ、死ねっ。死にやがれっ」

雄叫《おたけ》びのようにいって、男が無茶苦茶に匕首を振り回してきた。ぶんぶんと鈍く風を切る音が琢ノ介の耳に響いてくる。ただそれだけのことで、男が振り回す匕首は琢ノ介の着物にすら届かない。

もう長いこと剣の稽古などしていないが、用心棒仕事で培《つちか》われた戦いの勘は、いまだに健在のようだ。相手が弱すぎるということもあるが、自分の腕が通用することが琢ノ介はうれしかった。

——もし今の商売が駄目になったとしても、わしは用心棒をまだまだやれるのではないか。

命懸けの仕事ではあったが、直之進と一緒にこなした仕事は張りがあり、楽しかった。またあの頃に戻りたい、という思いが琢ノ介の心をよぎっていく。

やがて男が疲れてきたようで、必死の形相で振り回す匕首から速さがますます失われてきた。激しい息づかいが琢ノ介の耳に届く。

もはや男はふらふらになっている。へたり込む寸前まできていた。

くそう、とつぶやいて男は匕首を握ったまま動かなくなった。腰を曲げ、左手を膝に置いて、はあはあと荒い息をついている。

「おい、まだやるのか」

くっ、と男が上目遣いに琢ノ介を見る。

「まだやる気なら、わしは容赦せんぞ。おまえさんのほうが痛い目を見ることになる」

気迫《きはく》を込めて琢ノ介は男にいった。うっ、と男が怯《ひる》んだような顔を見せた。ずいと琢ノ介は男に近づいた。男が瞳におびえの色をくっきりと浮かべた。

「覚えてやがれ」

捨《す》て台詞《ぜりふ》を吐くや、男がさっと着物の裾を翻《ひるがえ》して店の外に出ていった。

それを見て、ふう、と琢ノ介は息をついた。すぐに博助が近づいてきた。

「米田屋さん、大丈夫ですか。お怪我はありませんか」

真剣な表情の博助にきかれ、琢ノ介は全身をあらためてみた。刃物を持つ男を相手にしたのだ。自分でもわからずに、思いがけないところを切られたかもしれない。

しかし、どこにも切り傷などはなかった。

「どうやら大丈夫のようですね」

「それはよかった」

博助が、ほっと胸をなで下ろしたような顔になった。だが、すぐに憂《うれ》いの色を眉間《みけん》に露《あら》わにする。

「米田屋さん、今の男はかわせみ屋の者ですよ。公造《こうぞう》という男です」

博助にいわれて、ああ、と琢ノ介は合点がいった。

「読売のかわせみ屋の者でしたか……」

——ふむ、公造とかいう今の男は強請たかりのネタを求めて、町をうろつき回っている者の一人だったか……。

先ほど会ったばかりの隠居の恒五郎のことを思い出し、琢ノ介は顔をしかめた。

——そういえば、恒五郎は庄之助に代替わりして悪さはもうしていないようなことをいっていたが、結局のところ、なにも変わっておらんではないか。

苦々《にがにが》しい思いが、琢ノ介の胸のひだを這い上がってきた。

——あの庄之助という男は器量人に思えたが、そうではなかったか。

どうやら人物を見誤ったようだな、と琢ノ介は思った。

「しかし米田屋さん、助かりました」

額に浮いた汗を手ぬぐいで拭いて、博助がいった。

「手前どもは、あの手の者には毅然《きぜん》とした態度で臨むようにと、あるじから厳しくいわれているので、手前としてはがんとしてはねつけたかったのですが、やはり一人では心細くてなかなか難しいですね。米田屋さんがいてくれて、本当に助かりました」

「お役に立ててよかったですよ」

小さく笑みを浮かべて琢ノ介はいった。

「しかし、米田屋さんは本当にお強いのですね。びっくりしましたよ」

敬意の色をたたえた目で、博助が琢ノ介をじっと見る。

「まことにお武家だったのですね」

「ええ、まあ。修羅場《しゅらば》は何度かくぐり抜けてきているので、この程度のことでしたら、なんということもありませんよ」

あくまでも平静な声音で琢ノ介は語った。

「しかし米田屋さん、あの公造という男は、まことにたちがよくないのですよ。むろん、かわせみ屋もですがね」

そのことは琢ノ介もよくわかっている。

「米田屋さんが、かわせみ屋になにか悪さをされなければよいのですが……」

案じ顔で博助が琢ノ介にいった。

「なに、大丈夫ですよ。もしやってきたら、今度はこてんぱんにのしてやります」

にこりとして琢ノ介は力こぶをつくってみせた。

「では博助さん、これで失礼いたします」

丁寧に辞儀してから、琢ノ介は出水屋の暖簾を外に払った。

公造か、と少し気にかかった。しかし、すぐに琢ノ介は前を向いた。

――わしは人として為《な》すべきことを為したにすぎん。あのような男のことを気にする必要などまったくない。

胸を張り、琢ノ介は大道を足早に歩きはじめた。

第二章

一

　出水屋を出てしばらく歩いたのち、琢ノ介は少し疲労を覚えた。両のふくらはぎがだるく、腰が重く感じられる。

　これは先ほど、公造という男の相手をしたことが影響しているのだと、琢ノ介にはすぐにわかった。

　――いくら相手が匕首を手にしたといっても、これほど疲れを覚えてしまうとは、やはり歳を取ったのだなあ。考えてみれば、もう三十二になるのだものな。若いときとは明らかにちがう。

　――さっきは、まだ用心棒ができるのではないかと思ったりもしたが、やはりもう無理かもしれんな。

疲れた体を休めるためにどこか茶店にでも入るかと思ったが、まだまだ今日中に回らなければならない得意先は多い。

それだけでなく、どこか、新規に取引をはじめる大きな商家《しょうか》も見つけたいと琢ノ介は考えている。常に新たな客を獲得していかないと、商売というのは必ず先細りしていくものである。

順調に取引を続けていたところが、ある日いきなり潰《つぶ》れたり、代替わりして急に取引を切られたりするようなことがないわけではないのだ。そういうときに備えるためにも、客を新規に開拓するという気持ちは、常に持ち続けていなければならない。

いま琢ノ介は一軒の大店に目をつけている。大塚仲町《おおつかなかまち》にある筒号屋《つつごうや》という油問屋である。

上方からやってきた店ではなく、江戸地生《じば》えの商家で、奉公人はすべて江戸の者を採用しているという。奉公人の数は五十人を優に超えている。かなりの大店だが、さらに商売を広げようとしているらしく、人材をほしがっているという話だ。

すでに筒号屋は三つの口入屋を使っており、琢ノ介もその中に食い込むのはなかなか難儀であるのはわかっている。

いくら商売だからといって、強引に割り込んだところで、いいことはほとんどないことも知っている。他の口入屋にうらみを買うのは必定《ひつじょう》だからだ。

できるなら波風を立てることなく、筒号屋に入り込みたいと琢ノ介は考えている。

──前に舅《しゅうと》どのがいっていたが、それで命を狙われたこともあったそうだからな。

何者かに襲われたこともあり、光右衛門《みつえもん》は直之進に用心棒を頼んだと聞いている。それが縁となって、今につながっているのだ。

──しかし、どうすればいいかな。どうすれば、筒号屋さんに入り込めるかな。

今のところ、これぞという手は見つからない。すでに視界に筒号屋の建物が見えている。

──とりあえず、今は顔つなぎしかあるまいな。この顔を、とくと覚えてもらうしかないだろう。当たって砕ければいいだけの話だ。別に命を取られるわけではないしな。

決意した琢ノ介は茶色の暖簾に歩み寄った。

「失礼します」

暖簾を払って、琢ノ介は土間に足を踏み入れた。途端に、むせるような油のにおいに包まれた。

見上げるような大樽が、土間にいくつもしつらえられている。数え切れないほどの小ぶりの樽が土間の隅に積まれていた。

「いらっしゃいませ」

手代《てだい》らしい男がにこにこと寄ってきた。筒号屋は油の小売りもしているのだ。

「すみません、客ではないのです」

丁重《ていちょう》に腰を折って琢ノ介は断った。

「ああ、口入屋さんですね」

「はい、さようです」

店の名は頭に入っていないようだが、少なくとも琢ノ介が口入屋であることは覚えている。琢ノ介は安堵した。

「手前は米田屋のあるじの琢ノ介と申します」

「ああ、米田屋さんでしたね」

納得したような声を、手代らしい男が発した。すぐに眉根を寄せて琢ノ介を見る。

「米田屋さん、ちょっとここで待っていてくれますか。いま番頭を呼んできますから」

「えっ、はい。わかりました」

手代らしい男が体を返し、奥に見えている細い通路に足早に向かっていく。

——なんと、番頭さんに会えるとは、やはり思い切って飛び込んでみてよかった……。

心が弾んでならず、その場で琢ノ介は一人、にんまりとした。

さほど待つことなく先ほどの手代らしい男が戻ってきた。恰幅《かっぷく》のよい初老《しょろう》の男が一緒である。

「こちらがうちの番頭です」

手代らしい男が紹介してきた。目の前の番頭は、この店に何人かいるうちの一人だろう。歳の頃からして、筆頭番頭かもしれない。

「手前は壱造《いちぞう》と申します。どうぞ、お見知り置きを」

こうべを垂れ、番頭が丁重な口調で名乗る。大店になればなるほど、上の者は威張ることが少ない。大店の者で威張るのは下っ端の奉公人がほとんどだというのが、これまで琢ノ介が口入れ稼業《かぎょう》を続けてきてわかったことである。

このあたり、商家は明らかに武家とはちがう。武家の場合、たいてい身代《しんだい》の大きな者が横柄《おうへい》で威張っていることが多い。

琢ノ介はすかさず名乗り返した。

「米田屋琢ノ介さんとおっしゃるか。どうぞ、よろしくお願いいたします」

「こちらこそよろしくお願いいたします」

「それで早速ですが、米田屋さんは用心棒をやれる人に心当たりはありますか」

――用心棒だと……。

さすがに驚いたが、琢ノ介はその思いを面《おもて》に出さなかった。

「もちろんあります」

ここ最近、用心棒仕事というのは扱っておらず、今のところ一人として心当たりなどないのだが、ここは、ありませんなどと決していえない。筒号屋に入り込む絶好の機会ではないか。逃すわけにはいかないのだ。

「さようですか」

琢ノ介を見て、ほっとしたように壱造がうなずいた。

「今うちが付き合いのある口入屋さんは腕のよい用心棒に心当たりがないそうでして、ちと弱っていたのですよ」

うつむいた壱造が顎に手を当てる。なにか考え込んでいる様子だ。

――ふむ、この平穏そうな店に、用心棒を必要とすることが起きているのか。

そんなことを琢ノ介が思案したとき、壱造が顔を上げた。

「それならば、米田屋さんに、腕のよい用心棒を頼むことになるかもしれませんん」

「用心棒は腕がよくなければ駄目でしょうね」

「そういうことです」

「何人、必要なのですか」

「数人でしょうか……」

どういうことだろう、と琢ノ介は思った。

「この店が、何者かに狙われているということですか」

琢ノ介は思い切ってきいた。

「それとも、この店を押し込みが狙っていることが知れたというようなことでしょうか」

「いえ、それは……」

壱造が言葉を濁した。町役人《ちょうやくにん》や町奉行所には話をしたのかどうかもきいたかったが、琢ノ介はおのれを制した。

――これ以上、突っ込まんほうがいいな。

すぐさま琢ノ介は判断した。詳しい話は、実際に用心棒の依頼を受けたときにはっきりするだろう。

「手前どもの店は小日向東古川町にございます。お知らせをくだされば、手前がすぐに駆けつけますので、どうか、よろしくお願いいたします」

「承知いたしました。必ずつなぎをつけるようにいたします」

琢ノ介を見つめて壱造がきっぱりといい、頭を下げてきた。

「では、手前はこれにて失礼いたします」

壱造と手代らしい男に一礼して、琢ノ介は筒号屋をあとにした。

――とにかく、とっかかりはできたぞ。これをしっかりとあとにつなげるのが肝心だ。

その後、日暮れ近くになるまで何軒か得意先を回った。

そこまでやったら、さすがに足が棒のようになった。

――ああ、腹が減ったな。早くなにか食べたいぞ。おあきやおれんは今日、なにを食べさせてくれるのだろうか。

毎日、このくらいの刻限になると、夕餉《ゆうげ》のことだけが頭に浮かんでくる。

――わしの楽しみは、まず食べることだものな。しようがあるまい。

そんなことを思いつつ琢ノ介は、米田屋のある小日向東古川町に足を急がせた。

すでに暮れ六つは過ぎ、あたりは暗くなってきている。立ち止まり、琢ノ介は提灯の明かりをつけた。

ほんのりとした明かりを見て、なんとなく幸せを感じた。

――わしには、こうして帰る家がある。それだけで十分過ぎるほどに幸せではないか。

その上、家に帰れば愛くるしい女房と、血はつながっていないが、かわいいせがれの祥吉がいる。あたたかな夕餉も供《きょう》される。

これ以上、なにを望むというのか。

――いや、やはり血のつながった我が子がほしいな。ほしくてならん。よし、今宵《こよい》もおあきを存分にかわいがってやろう。

実際のところ、琢ノ介は昨夜《ゆうべ》も励んだ。阿夫利神社に詣でて願掛けをしたといっても、なにもせずに子ができるはずがない。

──決してわしは好き者ではないぞ。子がほしいだけだ。

そんなことを思いながら、暗さが増してきた町を琢ノ介はずんずんと歩いた。

米田屋の提灯がすでに見えてきている。暖簾はしまわれていた。

──ふむ、あの提灯こそがわしの目指すべき湊《みなと》だ。あの提灯は、灯台ということだな。

琢ノ介は早く家に帰り着きたくてならない。その気持ちは抑えきれなくなっている。米田屋の提灯に吸い寄せられるように、ひたすら歩いた。

夜が来ると同時に風が強くなってきて、琢ノ介の着物の裾《すそ》をばたばたと煽《あお》っていく。空を仰ぐと、先ほどまできらめいていた星々がまるで見えなくなっていた。空を厚い雲が覆いはじめているようだ。

──雨になるかもしれんな。

明日は雨だろうか、と歩きながら琢ノ介は思った。降っても構わないが、できるなら朝のうちには上がってほしい。

琢ノ介は明日も外回りをするつもりでいるが、雨の中、町を行くのは道がぬかるんでいて足元が滑りやすく、難儀することが多いのである。

ふと、ぽつりぽつりと頬に当たるものがあった。

――おう、降ってきおったか。

さらに琢ノ介は足を急がせた。せっかくここまで来たのに、濡れたくはない。

だが、あと五間ばかりで米田屋というところまでやってきて、琢ノ介は不意に背中に水を浴びせられたような気になった。

――なんだ、今のは。

背後から迫ってきた者がいることを、琢ノ介は覚《さと》った。

――何者だ。

はっ、として琢ノ介は提灯をかざして振り向こうとした。だが、その前に強烈な打撃を脇腹に受けていた。

脇腹から痛みが一気に全身に走り抜け、うっ、と琢ノ介はうなったものの、唇を嚙み締めて、誰が襲ってきたのか、必死に見定めようとした。目の前で、手からこぼれ落ちた提灯がめらめらと燃えはじめた。

雨足が強くなっているようだが、ゆらりと立ち上がった炎に照らされた家の壁や用水桶《ようすいおけ》が琢ノ介の目に入る。しかし、人の姿はどこにもなかった。

——今のは……。

木刀のような物で脇腹を打たれたのを琢ノ介は知った。時がたつにつれて息が詰まり、体が重くなっていく。

うぅぅ、とうめいて琢ノ介はその場で動けなくなった。尻餅をつきそうになるのを必死にこらえる。

——こんなところでへたり込んでしまったら、相手の思う壺だ。動け、動くんだ。

全身を貫くような痛みに喘《あえ》ぎつつも、琢ノ介は自らを叱咤《しった》した。なんとか前に歩き出そうとしたが、目の前に三つの影が立っていることに気づいた。

三人はいずれも木刀のような得物《えもの》を手にしている。

「何者だっ」

顔を上げ、琢ノ介は誰何《すいか》した。琢ノ介の頭をよぎっていったのは、かわせみ屋の公造のことだ。

出水屋での意趣返しに、かわせみ屋の仲間と語らって、琢ノ介が帰ってくるのをここで待ち構えていたのではないか。

——おそらくそうにちがいあるまい。

　こんなところでやられてたまるか、と琢ノ介は負けん気で思ったが、丸腰であることにすぐさま気づいた。

「きさまら、かわせみ屋の者か」

　思いもかけず声がかすれたことに、琢ノ介は少なからず驚いた。やはり最初の一撃がかなり効《き》いているのだ。

　提灯が燃え尽き、あたりに暗さが舞い戻ってきた。

「やれ」

　冷徹な声が薄闇に響いた。その声に応じる形で、二人の男が琢ノ介の両側に回り込んでくる。

　――今の声は公造のものか。

　わからなかった。ただし、琢ノ介に、やられるのを待つ気はない。いきなり襲ってきた男たちに腹が煮えてならなかったし、不意打ちとはいえ、よけられなかったおのれにも怒りを感じていた。

　――こちらからいってやる。

　決断した琢ノ介は、右側の男につかみかかろうとした。得意の柔《やわら》でぶん投げてやるつもりだった。

だが、脇腹を打たれたせいなのか、足がうまく動かなかった。なにもないところでつまずいてしまったのだ。

へっ、と馬鹿にしたような笑い声が闇に響いた。

「食らえっ」

びゅんと風を切る音がし、その直後、びしっ、と背中が鳴った。激痛が走り、琢ノ介は背筋を反《そ》らした。うぐっ、と我知らず声を出していた。

さらに向《む》こう臑《ずね》をしたたかに打たれた。ぎゃっ、と自分の声ではないような声を琢ノ介は耳にした。

あまりの痛みに、琢ノ介は涙が出そうになった。向こう臑の骨が折れたかもしれない。

それでも前に向かって琢ノ介は歩こうとしたが、今度は足を払うように左側の男が木刀を振るってきた。

その振りは琢ノ介にはよく見えていた。だが、体が思うように動かず、かわせなかった。

がつ、と骨を打つ鈍い音がし、同時に足が後ろに引かれるような形になった。両手を前に投げ出すような恰好で、琢ノ介はうつぶせに地面に倒れ込んだ。

それから袋叩きにされた。背中や足を何度も木刀で打たれたのだ。

両手で頭を必死に覆うのが、琢ノ介にできる精一杯のことだった。

やがて、痛みが全身に及んできた。だが、すぐに琢ノ介はその痛みを感じなくなった。ばし、びし、どん、という音が連続して聞こえていることから、なおも男たちが打ち続けていることはわかったが、痛みはすでに消え失せている。

これはきっと打たれすぎたせいでなにも感じなくなったのであろう、と琢ノ介は覚った。

――死が近いということか。つまり、わしは今からここで死ぬのかな。木刀で滅多打ちにされたら、いくら頑丈なわしでも無事では済むまいよ。まさか今日が命日になるとは、目覚めたときには思いもしなかったなあ……。

そんなことを考えているうちに、琢ノ介は気が遠くなった。

――いや、眠ったら本当に死ぬぞ。

気力を振り絞って、琢ノ介は意識を目の前のことに集中した。

――許さんぞ、かわせみ屋。

全身に怒りをたぎらせて、琢ノ介は両腕に力を込めて起き上がろうとした。

だが、いきなり頭にがつん、と強い衝撃が走った。頭を木刀で打たれたのを、琢ノ介は知った。またしても、前のめりにばたりと地面に倒れたのがわかった。

頭がひどく痛み、今度はまったく身動きが取れなかった。

——頭をやられてしまったか。これは本当に死ぬな……。

いつしか、おあきが優しげな眼差しで、こちらを見ているのに琢ノ介は気づいた。

——おまえ、どうしてこんなところに。やられてしまうぞ。早く逃げたほうがいい。

だが、すぐに幻を見ていることに琢ノ介は気づいた。頭をやられたせいだろうか。

——済まん、おあき。

心で琢ノ介は、女房に向かって両手を合わせた。

——おまえたちを置いて、あの世に行く気はなかったのだが……。

そのとき、あなた、あなた、と甲高い声が聞こえてきた。

——おや、これも幻の声なのか。いや、ちがうな。本物だ。おあきはなにゆえ、あんなにあわてたようにわしを呼んでいるのだろう。

いま自分がどういう状況にあるのか、琢ノ介はわからなくなっていた。

──ああ、そうか。わしはかわせみ屋の者どもにやられてしまったんだ。そういえば、下鶴間宿でも末永弥五郎にこてんぱんにのされたな。最近のわしはやられてばかりだ。なんとも情けないなあ……。

そんな思いを最後に、琢ノ介の意識は糸を断ち切るようにぷつりと途絶えた。

二

いったいなにがおもしろいのか、通りがかりの男の子を殴りつけては一目散《いちもくさん》に逃げていく男がいるとの通報が牛込岩戸町《うしごめいわとちょう》の自身番からあり、樺山富士太郎と中間の珠吉は、その男の探索にかかりきりになっていた。

他の町の自身番の者たちの助力も得て、無事に下手人《げしゅにん》を捕らえることができたものの、昼から夕刻までその男の姿を追い求め続けていたせいで、すっかり帰りが遅くなってしまったのだ。

さすがに疲れを覚えているが、いま富士太郎は充実した思いを嚙み締めている。やはりこうして下手人を捕縛できたというのは、町奉行所の定《じょう》廻《まわ》り同心として、なにものにも代《か》え難《がた》い喜びがあるのだ。

「おい、おまえ――」

前を行く男に富士太郎は声をかけた。捕り縄で両腕はかたく縛られ、珠吉ががっちりと握っている。

すでに男はすっかり観念した様子で、逃げようという素振りはない。

だが、それは富士太郎たちを油断させる手かもしれない。富士太郎には、気を緩《ゆる》めるつもりは一切なかった。

「さっさと名をいったらどうなんだい」

「あっしは錦九郎《きんくろう》といいます」

おっ、と富士太郎は目をみはった。捕らえてこの方、ほとんど口を開かなかった男がついにしゃべったのだ。

「錦九郎かい。いい名じゃないか」

「まあ、そうですね」

「錦九郎、おまえ、なんで何人もの男の子の頭を殴るなんて真似をしたんだい」

「がきって、うるさいですからね。殴れば、あの口を黙らせることができるって考えたんですよ」

「男の子が元気がありあまっているのは、当たり前のことじゃないか。おまえだってそうだっただろうに」

「あまりに昔のことで、もう覚えちゃいませんよ」

「おまえ、歳はいくつなんだい」

「二十八ですよ。いや、九だったかな。歳もろくに覚えちゃいませんよ」

「女房は」

「いません」

「生業は」

「日傭取《ひようとり》ですよ」

そうかい、と富士太郎はいった。確かにあまり稼ぎはよくないようで、男の身なりはみすぼらしい。歳は二十八、九とのことだが、富士太郎には四十過ぎに見えた。あまり滋養《じよう》のあるものを食べていないのだろう。

——おいしい物をろくに食べられないなんて、ちとかわいそうだね。

「家はどこだい」

「岩戸町の裏店《うらだな》ですよ」

最初に自身番の通報があった町である。

「うるさい男の子を黙らせるために殴ったといったけど、気持ちがむしゃくしゃしていたのかい」

「気持ちはいつもむしゃくしゃしてますよ。今日は仕事もなかったんでのんびり昼寝をしていたんですが、外で遊んでいるがきどもの声がうるさくて、寝てられなくなったんですよ。それで、黙れっ、とやつらにはいったんですが、なんの効き目もなくて、それで思い切り殴りつけてやったんですよ」

「それは、岩戸町の男の子たちだね。だがおまえは、よその町の男の子もずいぶんと殴っているじゃないか。それはどうしてだい」

「気持ちよかったからですよ」

「気持ちよかっただって」

ええ、と錦九郎が顎を引いた。

「うるさいがきどもを殴りつけたら、気分がすかっとしたんですよ。こいつはいいや、と思って、がきを求めて、あっしはほかの町にも行ったんです」

「おまえ、そいつは通り魔とほとんど変わらないよ」

通り魔というのは、通りすがりの家や出会った者に災厄《さいやく》を与えて瞬《またた》く間に通り過ぎる魔物のことをいう。

「ああ、確かにそうかもしれませんね」

富士太郎の言葉に錦九郎が素直にうなずく。

「あっしに殴られたがきどもは、まさに通り魔に遭ったも同然でしょうからね」

「おまえ、まるで他人事《ひとごと》のようにいうね」

「すみません」

「おまえのせいで殴られた男の子たちは、心に大きな傷を負ったはずだよ。おまえはさ、取り返しのつかないことをしたんだよ」

「ああ、そうでしょうね。まことに申し訳ないことをしました」

だが、錦九郎はまったく反省していないようだ。心から謝っているようには見えない。

「おまえさ、これから自分がどうなるか、わかっているのかい」

錦九郎の背中を見て、富士太郎は新たな問いを投げた。

「お役人のお調べのあと、牢屋に叩き込まれるんでしょうね」

「そのあとどうなるか、わかるかい」

「お白州《しらす》での裁《さば》きが、あるんでしょう」

「お裁きは、どういうものが下されると思う」

そうですね、といって錦九郎が少しだけ首をかしげた。

「やはり敲《たた》きでしょうかね」

「それはどうかな。敲きで済むかどうか、わからないよ」

憐れみの目で錦九郎を見つめて、富士太郎はいった。

「えっ、どうしてですか」

「怪我をした男の子たちの傷次第だね。おまえに殴られたせいで、ひどい頭痛が残ったり、あるいは目が見えにくくなったり、耳が聞こえなくなったりしたら、おまえはまちがいなく遠島《えんとう》だろうよ」

「えっ、遠島ですか」

仰天したらしく、錦九郎が振り返って富士太郎に目を当てる。

「ああ、そうだよ」

「いや、でもそんなに強く殴っちゃいませんけど」

「おまえがそう思っても、殴られたほうになんらかの傷が残るってことは、十分にあり得るだろう。八丈島《はちじょうじま》に行って、その根性を叩き直してくるのがおまえにとっても、いいことだろうね」

「そんなあ」

富士太郎を見て、錦九郎が情けない声を発した。

「遠島だけは勘弁してください。あの島は地獄という話じゃないですか」

「おいらがおまえを敲きにするか、遠島にするか、決めるわけじゃないからね。もし今日のことがもとで男の子が死んだりしたら、おまえは死罪だよ」

「ええっ、死罪」

喉を鳴らして錦九郎が絶句する。

「そうだよ。人の命を奪うってことは、自分の命で償うってことだからね。とにかく、今おまえがすべきことは、自分の犯した罪をじっくりと噛み締めることだね」

それきり錦九郎はすっかり無口になった。しおれた草花のように、うつむいて歩いている。

間もなく、ぽつりぽつりと雨が降り出してきたが、大した降りにはならなかった。

その後、四半刻もかからずに富士太郎たちは南町奉行所に戻ってきた。

暮れ六つはとうに過ぎ、あたりはすっかり暗くなっている。錦九郎を係の者に預け、富士太郎は珠吉の労をねぎらって別れた。

誰もいない詰所《つめしょ》に戻り、今日の事件の顚末《てんまつ》について留書《とめがき》を書きはじめる。

それはすぐに終わり、富士太郎は目を指で揉んだ。

——最近は、目の疲れがどうもひどいね。これも歳のせいなのかな。

留書は明日、上役《うわやく》の与力、荒俣土岐之助《あらまたときのすけ》に提出すればいいだろう。

——よし、帰るとするか。

文机《ふづくえ》に両手をついて立ち上がり、詰所の出入口に向かって富士太郎は歩き出した。戸を横に引いた途端、そこに男が立っていることに気づいて、びっくりした。

目の前の若い男も驚いている。

「ああ、済みません」

富士太郎に向かって頭を下げたのは、南町奉行所の小者《こもの》の一人で玄助《げんすけ》という男である。

「どうかしたのかい」

「いま小日向東古川町の自身番から使いが来まして……」

「小日向東古川町だって」

かつて直之進が住んでいた町だ。今も懇意《こんい》にしている、米田屋一家が暮らしている。

「あの町でなにかあったのかい」

「はい。知らせに来た小日向東古川町の小者によりますと、どうも口入屋の米田屋の主人が大怪我をしたらしいのです」

「えっ、米田屋さんがかい」

「ええ、どうやら何者かに襲われたらしいのです」

「何者かということは、まだ下手人は捕まっていないんだね」

「そういうことだと思います」

「大怪我といったけど、米田屋さんの命に別状はないのかい」

「いえ、それはわかりません。使いの者も、そこまでは知らないようです。とにかく、樺山さまに米田屋さんのことをお知らせするために来たようです」

「その使いは、もう帰ったのかい」

「はい、手前に伝えるだけ伝えて戻っていきました」

そうかい、と富士太郎はいった。心は騒いで仕方ないが、ここは冷静になるんだよ、と自らにいい聞かせた。

「済まないけど、中間長屋の珠吉に事情を伝えて米田屋に来るようにいってくれないか。おいらは珠吉より一足先に米田屋に行くから」

「わかりました」

「それから、うちの屋敷にも使いを出してくれないかな。おいらが米田屋さんに行くことになったと伝えてほしいんだ」

「承知しました。樺山さまのお戻りが遅いと、お屋敷の方々も心配されるでしょう」

玄助が提灯に火を入れてくれた。

「頼むね、玄助」

玄助にうなずきかけるやいなや、床を蹴った富士太郎は、足早に南町奉行所の大門《おおもん》を抜け出た。いっとき門前に立ち、行く手を見る。

行く手にはところどころ常夜灯《じょうやとう》の明かりがついているものの、どこもかしこもあまりに暗い。

提灯は走るのに邪魔だが、この暗さでは明かりの助けがないと、走ることはまずできない。なにかに蹴《け》つまずいて足をくじき、米田屋に着けないなどということは避けたい。

提灯が小刻みに揺れている。手が震えているせいだ。琢ノ介のことが案じられてならないのだ。

――なに、大丈夫だよ。琢ノ介さんになにかあってたまるもんかい。あの頑丈さが取《と》り柄《え》の人が、そうたやすくくたばるはずがないじゃないか。

それでも、涙が出そうになってきた。

――こんなところで泣くだなんて、縁起でもないよ。

富士太郎は涙をこらえた。

空を見上げる。雨はすでに上がっており、空にはちらほらと、か細い星の瞬きが見えている。

星明かりは月明かりには及ばずとも、けっこう明るいものだが、今宵は富士太郎の行く手を照らしてくれるほどの元気さはない。よし行くよ、と気合をかけて、富士太郎は暗さが澱《おり》のように淀《よど》む道を駆けはじめた。

半刻足《はんとき》らずで、富士太郎は米田屋に到着した。

米田屋の店先には、提灯が明々《あかあか》と灯されている。

戸口に立った富士太郎は戸に手をかけた。

「失礼します」

戸を横に引くと、ほとんどなんの手応えもなく、からりと開いた。

——さすがに、米田屋さんだけのことはあるよ。建て付けが、とてもしっかりしているもの。

琢ノ介が何者かに襲われたという緊急事態ではあるが、店に入ってくる者になんの苦労も与えないようにとの心遣いを、富士太郎は感じ取っていた。

行灯《あんどん》が一つ、ぽつんと灯された無人の土間に入り、あのう、と富士太郎は中に向かって声を投げた。

「あっ、はい」

女の声で応《いら》えがあり、店と奥とを仕切っている障子《しょうじ》が開いた。一人の女が顔を見せる。

「ああ、おれんさん」

その女性《にょしょう》に富士太郎は声をかけた。

「ああ、樺山さま。よくいらしてくださいました」

力尽きたようにおれんが、土間から一段上がった狭い板敷きの間にぺたりと座り込む。

——まさか……。

そのおれんの姿に富士太郎は衝撃を受けた。命に別状はないと聞かされていたが、病状が一変することがあるように怪我でもいきなり死に至ってしまうようなこともあるにちがいない。

「あの、米田屋さんの具合はいかがですか」

心は騒いでならなかったが、富士太郎はできるだけ平静な声を心がけてたずねた。

「ああ、義兄《あに》は眠っています」

面を上げ、おれんが静かにいった。

眠っているのか、と富士太郎は思った。

——ということは、琢ノ介さん、息があるんだね。

富士太郎は胸をなで下ろした。

「何者かに襲われたと聞きましたが、米田屋さんは、だいぶひどい傷なのですか」

「はい、かなりひどいと思います」

暗い顔つきでおれんが答えた。

「ただ、お医者さまによれば、命に別状ないそうです」

「それはなによりです」

――これは、不幸中の幸いといっていいのかもしれないね。

「おれんさんに、下手人の心当たりはありますか」

「いえ、ありません」

申し訳なさそうにおれんがいった。

「さようですか。あの、おれんさん」

ごくりと唾を飲んでから富士太郎はおれんに申し出た。

「米田屋さんの顔を、見せてもらっても構いませんか」

「もちろんです」

瞳にきらきらと光るものをたたえて、おれんがこくりとうなずいた。

「いま近所のお医者さまがいらしていますが、顔を見るだけなら大丈夫だと思います。樺山さま、どうか、お上がりください」

その言葉に甘えて富士太郎は雪駄《せった》を脱ぎ、一段上の板敷きの間に上がり込んだ。

おれんの案内で、富士太郎は琢ノ介が寝ている寝所《しんじょ》にやってきた。

部屋の真ん中に布団が敷かれ、琢ノ介が横になっていた。琢ノ介の頭には晒《さら》しがぐるぐるに厚く巻かれていた。

――琢ノ介さん、頭をやられたのか……。

さすがに富士太郎は暗澹《あんたん》とした。

枕元に、町医者らしい坊主頭の男が座している。今は琢ノ介の脈を診《み》ているようだ。

医者が座している向かい側に、女房のおあきと祥吉が座っていた。二人とも泣き出しそうな顔で琢ノ介を見ており、中に入ってきた富士太郎に気づいていない。

一礼して富士太郎は、医者の斜め後ろに控えるように端座した。

「おっ、これは樺山さま」

富士太郎の顔を横目でちらりと見て、医者が声をかけてきた。医者は、この町に住む麟堂《りんどう》である。

前は近所の牛込築地《うしごめつきじ》片町《かたまち》で診療所を営《いとな》んでいたが、そこより広くて診療所がやりやすい家が空いたことを知り、半年近く前、町内に引っ越してきたのだ。その家を周旋したのは、光右衛門である。

まだ若いが腕は確かだ。

「ああ、樺山さま」

驚いたようにおあきがいった。

「おっかさん、おしっこ」

目を赤く腫《は》らした祥吉がおあきにいった。

「じゃあ、一緒に行こうか」

富士太郎に頭を下げたおあきは存分に琢ノ介の顔を見てもらいたいと考えたのか、祥吉と連れ立って寝所を出ていった。

「おれんさんにも聞いたのですが、先生、米田屋さんの具合はいかがですか」

琢ノ介の手を放し、麟堂が布団の中にそっとしまい入れる。

「木刀の類《たぐい》でこっぴどくやられたのはまちがいありませんが、米田屋さんというのは、人とは思えんほど頑丈《がんじょう》ですな」

「頑丈なのは前々からよく知っていますが、先生が驚かれるほどなのですか」

「鎧《よろい》でも着込んでいたのではないかと思えるほどですよ」

「えっ、それほどですか」

「ええ、まことにすごい。木刀で二十回以上は打たれたはずですが、大した怪我を負っておらんのですよ」

「木刀で二十回以上もやられたのですか」

「こてんぱんにやられたはずです。しかし、怪我自体は大したことがない。米田屋さんはかなりの武芸者《ぶげいしゃ》なんでしょうね。体の強さもありますが、何者かに打たれ続けているときに、うまく木刀の力を逃がしてやっていたのではないかと思います」

「はあ、さようですか」

琢ノ介にそれほどのことができるとは思えなかったが、富士太郎は舌を巻くしかない。

もっとも琢ノ介は、用心棒時代は直之進も腕前を信頼していた剣客だったのだ。その程度のことは朝飯前かもしれない。

「頭にも一撃を食らっていますが、米田屋さんは途轍《とてつ》もない石頭ですね。まことに頭蓋骨《ずがいこつ》が硬いようです。こちらは兜《かぶと》をかぶっているようなものですね」

ほれぼれしたように麟堂がいう。

「ほかの人なら死んでいてもまったくおかしくないほどの衝撃があったはずですが、米田屋さんの頭の骨は折れておりませんし、ひびも入っていないようです。ただ、たんこぶができているだけです。木刀で米田屋さんの頭を打った何者かは、おそらく米田屋さんが死んだと思ったのではないでしょうか」

それで、襲撃者がそれ以上に害することをやめ、引き上げていったということはあるかもしれない。

「そうはいっても、さすがにしばらくは安静にしていなければいけませんが……」

「それで先生、どのくらい安静にしていれば、仕事に戻れますか」

いきなり寝床の琢ノ介が声を発したから、富士太郎は腰が浮くほど驚いた。

「ああ、びっくりした」

座り直し、富士太郎はまじまじと琢ノ介の顔を見た。

「なんだ、樺太郎、まるで死人が生き返ったかのような驚きようだな」

米田屋さんはいま樺太郎といったね、と富士太郎は思った。大怪我を負ったというのに、前と変わっていない琢ノ介の様子に深い安堵を覚えた。

特に頭に大怪我をしたあと、人変わりしてしまう者は少なくないと聞く。富士太郎はうれしくて、涙が出そうになった。

「そりゃ、驚きますよ。ぐっすりと眠っていると思っていた人が突然、話し出したんですからね」

「樺太郎の声が大きくて、目が覚めたんだ」

「そりゃすみませんでしたね。豚ノ介」

「あっ、おまえ、またいいやがったな」

「先にいったのは、豚ノ介のほうだよ」

「樺太郎、おまえ、叩きのめしてやる」

「やれるものなら、やってみるがいい」

「ああ、やってやるさ」

起き上がろうして琢ノ介が、いてててて、と顔をしかめた。

「まあ、おとなしく寝ておきなさい」

麟堂に諭《さと》されるようにいわれ、わかりました、といって琢ノ介が寝床に改めて体を横たえた。

「樺太郎、この決着は後日につけるからな」

「望むところだよ、豚ノ介。治ったら相手をしてやるから、早く怪我を治すんだよ」

「ああ、わかっておる」

富士太郎を見て、ふっ、と笑いを漏らした琢ノ介がうれしそうに目を細める。

「富士太郎、まあ、よく来てくれた」

「当たり前ですよ。知らせを聞いて、飛んできましたよ」

そのとき店先のほうから、訪《おとな》いを入れる声がした。

「どうやら珠吉も来たようですよ」

富士太郎は琢ノ介に伝えた。どうやら店のほうに戻ったおれんが、珠吉の相手をしているようだ。

「ああ、そうか、珠吉もな。八丁《はっちょう》堀《ぼり》からここまでけっこうあるのに、富士太郎、まことに済まんな」

「いえ、とんでもない。米田屋さんだって、もしそれがしが大怪我を負ったと知ったら、すぐに駆けつけてくれるでしょう」

「その通りだな。なにを置いても駆けつけるに決まっておる」

そのとき珠吉が寝所に入ってきた。

「あっ、米田屋さん、お目覚めでしたか」

安堵したようにいって、珠吉が富士太郎の隣に控えるように座った。

「旦那、遅くなってしまい、まことに申し訳ありません」

「珠吉、なにを謝っているんだい。おいらより遅れて番所《ばんしょ》を出たんだから、おいらより遅くなるのは当たり前じゃないか。これで珠吉のほうが先に着いていたら、おいらは仰天してひっくり返ってしまうよ」

「それで旦那、いったい米田屋さんになにがあったんですかい」

うなずいた富士太郎は珠吉に、琢ノ介の様子をつまびらかに語った。

「その何者かが誰か、まだわかっていないんですよね。しかし、米田屋さんの怪我が大したことがなくて、本当によかった」

しみじみといった珠吉が、ふう、と大仰なほどのため息を漏らした。

「珠吉、こちらの麟堂先生によれば、わしは人ではないほどの石頭らしいぞ」

「頭が硬くてよかったですね」

少し前屈みになった珠吉が、琢ノ介に笑いかける。

「うむ、まったくもって」

これは麟堂がいった。

「木刀で頭を打たれた直後にこうして話ができる者など、この世にはそうそういませんよ」

「それは褒められているのですね」

確かめるように琢ノ介がきいた。

「もちろんです」

「それで先生、わしはどのくらい安静にしていればよいのですか」

「そうですな」

自らの顎をなでて麟堂が思案する。

「七日というところか」

「えっ、七日もですか」

頓狂《とんきょう》な声を発して、琢ノ介が起き上がろうとする。

「寝ていなさいと申し上げたでしょう」

「しかし先生、七日もただ寝ておるわけにはいかんのですよ。今は口入屋同士の競りが激しくて、そんなに長いこと寝ていたら、得意先を取られてしまいます」

「なに、大丈夫ですよ」

麟堂の代わりに富士太郎はいった。

「七日くらい寝ていたくらいで、得意先はなくなりませんよ。大丈夫です」

「富士太郎、どうしてそういえるんだ」

口をとがらせて琢ノ介がきいてきた。

「誰もが、米田屋さんの働きぶりを見ているからですよ。あんなに丁寧に得意先をまわり、その上、斡旋《あっせん》した奉公人たちの様子をこまめに見ている人など、そうはいませんよ。そのことは、店の人たちもわかっているはずで、米田屋という口入屋をそうそう手放したくはないはずなんです。使える口入屋というのは、まことに重宝しますからね」

「ふむ、そういうものかな」

少しうれしげな思いを面《おもて》にあらわして、琢ノ介がいった。

「ええ、そういうものですよ」

深くうなずいて富士太郎は言葉を続けた。

「それがしは、米田屋さんはいずれ江戸一の口入屋になるのではないかと思っています。それだけの働きぶりを見せている口入屋から、もし離れていく商家や武家があるとしたら、それらはもともと得意先とはいえないんですよ。そういうところは、なにもなくても米田屋さんからいずれ離れていく定めだったとそれがしは思います」

「富士太郎、おまえ、いいことをいうなあ」

感極《かんきわ》まったようにいう琢ノ介を見て、富士太郎はにこにこと笑んだ。

「そうでしょう。たまにはいいこともいうんですよ」

「しかし、富士太郎のいう通りだろうな。わしが倒れたからといって取引をやめてしまうようなところは、端《はな》から取引などしなくてよかったということかもしれん」

「そういうことですよ。ですから米田屋さん。ここのところはしっかり休んでください」

「ああ、わかった。できるだけおとなしくしておるよ」

「――では、手前はこれで引き上げます。もしまたどこか痛くなったりしたら、使いをくだされ。すぐに飛んできますゆえ」

よっこらしょといって立ち上がり、麟堂が腰をとんとんと叩く。

「長いこと座っていると、どうも腰が痛くなって仕方ない……」

「先生、お代は」

「また今度でいいですよ。そのようなこと、怪我人が気にする必要はありません」

「先生、そうはいきません。おれんにいって、診療代をもらっていってくださいますか」

「うむ、わかりましたよ。では米田屋さん、お大事に」

優しい口調でいって麟堂が静かに障子を開け、出ていった。

「それで米田屋さん」

座り直して富士太郎は琢ノ介にたずねた。

「委細《いさい》を聞かせていただけますか」

横で珠吉も琢ノ介に真剣な目を当てている。

「もちろんだ」

富士太郎をじっと見て、琢ノ介が軽く唇を湿らせる。

「今日の午後、こんなことがあった」

声をひそめ、琢ノ介がかわせみ屋の公造という男について語った。

「わしを襲ったのは、三人組だ。ただし、顔は見ておらん」

「顔は見ていないが、下手人はかわせみ屋の者ではないかと、米田屋さんはおっしゃるのですね」

「それしか心当たりはない」

琢ノ介の言葉に富士太郎はうなずいた。

「今日の午後、出水屋さんに、するめのことでいちゃもんをつけて金をたかろうとしていたかわせみ屋の公造という男がおり、そのとき米田屋さんがその公造を追い払った。かわせみ屋の者たちが、そのことで米田屋さんに仕返しに来たのではないかということですね」

「そうだ。顔を見ておらん以上、推測でしかないが……」

しかし、琢ノ介は確信のある顔つきをしている。

「ふむ、かわせみ屋ですか……」

腕組みをして富士太郎は考え込んだ。

読売のかわせみ屋は、確かに悪評高い店である。今は代替わりし、庄之助という男があるじになった。三月ばかり前に、かわせみ屋の跡を継いだのだ。

富士太郎は庄之助に会ったことはないが、恒五郎とはだいぶ毛色《けいろ》が異なる男だということは耳にしている。生真面目としかいいようがない男らしい。

町奉行所は、政道批判《せいどうひはん》を繰り返す読売屋には常に厳しい眼差《まなざ》しを注いでいる。そのために、読売屋の動向については、上役や同僚などからよく聞かされるのである。

――新しい主人の庄之助が命じて、米田屋さんを襲わせたのか。それとも、元のあるじの恒五郎が配下に命じたのか。

そのいずれかとしか考えられない。

――恒五郎がやらせそうなことだけどね。

「そうだ、富士太郎」

なにか思いついたように琢ノ介が呼びかけてきた。

「かわせみ屋には、庄之助という主人がいる」

いま考えていた男の名が琢ノ介の口から出てきて、富士太郎は少し驚いた。

「米田屋さんは、その庄之助が怪しいというのですか」

「いや、そうではない」

枕の上で琢ノ介が首をかすかに横に振った。

「庄之助という男には今日、初めて会ったのだが、あの赤銅色の肌をした男は闇《やみ》討《う》ちなどという卑怯《ひきょう》なことはしそうにない。いかにも器の大きそうな男で、明らかに人とはちがうところが感じられた。富士太郎、珠吉、ちょっと注意して見てくれんか」

「なにが人とちがうのですか」

「それがよくわからんのだが、わしはやつが異様な気配を発しているような気がしたのだ。正直、気圧された。もしかすると、あの男、なにか企《たくら》んでいるのかもしれん」

「それがどんな企みか、米田屋さんにはわかりますか」

「いや、さっぱりわからん。だが富士太郎、庄之助という男は、確かになにかやらかしそうな気配を内に秘めておるぞ。気を許してはならん男だ」

「わかりました」

首を縦に動かして富士太郎はいった。

「米田屋さんがそこまでいうのなら、庄之助というかわせみ屋のあるじがどういう人物か、明日しっかり見定めてきますよ」

「頼むぞ」

「米田屋さん、かわせみ屋以外で、襲われるような心当たりはありますか」

「いや、ないな」

即答し、琢ノ介が小さくかぶりを振ってみせる。

「今のところ、うちの商売はすこぶる順調といってよい。他の口入屋にうらまれたり、にらまれたりするような強引なやり方で客を奪うような真似も、まったくしておらん。それゆえ、諍《いさか》いや悶着《もんちゃく》の類《たぐい》もない。奉公を斡旋した者たちからも、うらまれたりはしておらんはずだ。わしは、選び抜いた奉公先だけを紹介しておるからな」

「よくわかりました」

塚ノ介を見つめて、富士太郎はきっぱりといった。

「でしたら、今はかわせみ屋に的《まと》を定めて調べてみることにします。米田屋さん、必ず下手人を捕らえてみせますから、おとなしく吉報《きっぽう》を待っていてくださいね」

「おとなしくか。仕方ないな。……うむ、富士太郎、頼んだぞ」

「お任せください」

熱の籠もったような目で、塚ノ介が富士太郎をじっと見てくる。両の瞳がぎらぎらと光を帯びていた。

「木刀で打たれながら、わしはかわせみ屋のことが許せなんだ。どうか、富士太郎、珠吉、やつらをとっ捕まえてくれ」

「もちろんですよ。必ず捕縛《ほばく》します」

塚ノ介に力強く約束して、富士太郎は威儀《いぎ》を正した。

「では米田屋さん、我らはこれで失礼します。無事な姿を拝見できて、うれしかったですよ」

「わしも富士太郎と珠吉の顔を見られて、うれしかった」

「ところで、直之進さんたちには知らせたのですか」

「いや、まだだ。明日の朝にでも、おあきかおれんに知らせてもらおうと考えておる」

「そうですか」

「知らせたほうがよいのかどうか。知らせなければ直之進は怒るだろうが、知らせた途端に直之進もおきくもすっ飛んできて、夜通し看病するなどといい出しかねんからな。あいつは妙に情に厚いところがあるし。その上、直之進は意外に短気でもある。かわせみ屋に殴り込むかもしれんぞ……」

「直之進さんが短気というのはそれがしも認めますが、いきなりかわせみ屋に殴り込むほど短慮《たんりよ》ではないと思いますよ」

「ああ、そうかもしれんな。さすがに殴り込みはせんか」

「事情を聞きに、かわせみ屋に乗り込むくらいはされるでしょうけど」

「とにかく、今宵はなにも知らせず、直之進たちはぐっすり眠らせておいたほうがよいのではないかと、わしは思っておるのだ」

ええ、と富士太郎は相づちを打った。

「そのほうがいいでしょうね。明朝《みようちよう》、直之進さんたちは知らせを聞いて、びっくりするでしょうけど」

「ああ、そうだろうなあ……」

慨嘆《がいたん》するように琢ノ介がいった。

その語尾に力がないことを富士太郎は感じ取った。見ると、さすがに琢ノ介が疲れきったような顔になっていた。

「米田屋さん、少し眠ったほうがよいのではありませんか」

うむ、と琢ノ介が素直にうなずいた。

「そうさせてもらう。富士太郎、珠吉、来てくれてかたじけなかった。わしはうれしくてならん」

「当たり前のことですよ。では米田屋さん、我らはこれで失礼します」

富士太郎は珠吉に目を当てた。珠吉がうなずき返してくる。富士太郎と珠吉は同時に立ち上がった。

寝所を出て、富士太郎は廊下を歩いた。後ろを珠吉がついてくる。

帳場におれんが座り、行灯《あんどん》をそばに置いて帳面を見ていた。

「あっ、お帰りですか」

帳面から顔を上げ、おれんがいった。

「ええ、今宵はとりあえず引き上げます。明朝からしっかりと探索をはじめます」

「さようですか。どうか、よろしくお願いいたします」

「任せてください」

強い口調で富士太郎は請《う》け合《あ》った。

「ところで、どこで米田屋さんが襲われたか、おれんさんはご存じですか」

「はい、知っています。暮れ六つを少し過ぎた頃だったと思います。ここで帳簿をつけていたら、なにか妙な物音が聞こえてきたものですから、なんとなく胸騒ぎがして外に出て右手を見たら、五間ほど向こうに義兄《あに》が倒れていました。私は義兄《にい》さん、義兄さん、と叫んで駆け寄りました」

「そのとき三人の男の姿は見ませんでしたか」

「はい、見ておりません」

済まなそうにおれんが答えた。

つまり、と富士太郎は思案した。

――麟堂先生のいうように、琢ノ介さんの頭を木刀で打ったことで死んだと判断して、三人の男はさっさと引き上げていったのかもしれないね。

「あのとき義兄は私を見て、おあきといったんですよ。姉と私の見分けがつかなかったようです」

　少し間を置いて、おれんが言葉を続けた。

「頭を打たれたせいだったのでしょうか」

「そうかもしれません。しかし米田屋さんは鎧を着込み、兜をかぶっているも同然らしいですから、きっとすぐに本復しますよ。木刀で二十回以上も打たれながら、たった七日ほど安静にしていればいい人なんて、そうはいませんよ」

「義兄らしいですね」

「まったくです」

　富士太郎と珠吉は土間にそろえてあった雪駄を履き、おれんに別れを告げて外に出た。

　空はきれいに晴れており、星たちのきらめきがとても美しく見えた。

　なにか下手人につながる手がかりはないかと富士太郎と珠吉は、琢ノ介が襲われた場所を提灯の明かりを頼りに調べてみた。

　しかし、なにも残されていなかった。下手人がなにかを落としていったというようなことはなかった。

三

明くる朝。

いったん南町奉行所に出仕した富士太郎は上役の荒俣土岐之助と会い、昨夜《ゆうべ》の出来事を話した。

土岐之助からは、米田屋琢ノ介を襲った下手人の探索にしばらく取り組むことへの了承を得た。

町奉行所の大門の前で珠吉と会った。

——さて、珠吉は大丈夫かな。

目を凝らし、富士太郎は珠吉の顔をじっくりと見た。これは、次の正月で六十四を迎える珠吉の体調を慮《おもんぱか》る富士太郎の朝の日課のようなものだ。

もはや毎朝の儀礼になっており、珠吉はうっとうしいことこの上ないのだろうが、今はもう慣れたという顔つきをしている。

「旦那、今朝のあっしの顔色はどうですかい」

富士太郎を見つめ返して珠吉がきいてきた。

「うん、すこぶるいいね」

「さいですかい」

「昨日は、何人もの男の子を殴りつけた錦九郎の探索で、おいらもかなりへばったし、その上、米田屋さんのことがあって一度、番所に戻ったところで再度、小日向東古川町に赴《おもむ》かなきゃいけなかったからね。おいらがこんなにくたばったのなら、さすがの珠吉もくたびれ果てたはずなんだよ」

「ええ、それはもうくたびれましたよ」

大きく顎を引いて珠吉が認めた。

「でも一晩ぐっすりと眠ったら、疲れなんざ、吹き飛んでいましたよ」

「さすがに珠吉は若いねえ。眠りが深いから、それだけ早く回復するんだろうねえ」

「まあ、もう若くはありませんけど、眠りは深いような気がしますねえ。旦那はどうなんです。疲れはとれましたかい」

「もちろん、おいらも今朝はぴんぴんしているよ。疲れは一切ないよ。なんといっても、米田屋さんの仇を取らないといけないしね。もちろん米田屋さんが死んでしまったわけじゃないけど、おいらは気力が全身にみなぎって、まさに闘志満々だよ」

「それはよかった。あっしも米田屋さんの仇を討つ気でいますよ」

実際、珠吉は獲物を狙う獣のように目をぎらぎらさせている。

――本当にかわせみ屋の者の仕業《しわざ》かどうかわからないけど、琢ノ介さんを襲った者たちは珠吉を本気にしてしまったようだね。きっと怖い目に遭わされるに決まっているよ。覚悟しておくんだね。

「よし、珠吉、行こうか」

珠吉にいって富士太郎は行く手を見た。

「目指すのはかわせみ屋ですね」

「そうだよ。珠吉はかわせみ屋がどこにあるか、知っているかい」

「ええ、よく知っています。牛込原町ですよ」

「その通りだね。よし、道案内をしてくれるかい」

「お安い御用ですよ。では旦那、まいりましょう」

胸を張って珠吉が歩きはじめた。その後ろに富士太郎はついた。

「ああ、そうだ。珠吉」

前を行く忠実な中間に、富士太郎は声をかけた。

「旦那、なんですかい」

振り向いて珠吉がきいてきた。

「かわせみ屋に行く前に、乾物問屋の出水屋に寄ろうと思うんだ。構わないかい」

「もちろんですよ。では、まずは出水屋さんに向かえばいいんですね」

「うん、そうだよ。頼むね」

「わかりました。お任せください」

再び元気よく珠吉が歩き出した。


半刻後、富士太郎と珠吉はかわせみ屋のある牛込原町に足を踏み入れた。

すでに金杉水道町にある出水屋に赴き、昨日、かわせみ屋の公造という男に強請られた経緯《いきさつ》を、番頭の博助から聞いてきた。

「ここだね」

足を止めた富士太郎は眼前の家を見やった。

「さいですよ」

横で珠吉がうなずく。

別に、読売屋と記された看板が掲げられているわけではない。一見したところでは、かわせみ屋の建物はしもた屋のようなものでしかない。

間口は三間ほどか。間口を覆う板戸はがっちりと閉まっている。中はひっそりとしており、人けはまったく感じられない。まるで、空き家のようにすら見える。

読売屋といっても、ここで読売の小売りをしているわけではない。この五十坪ほどはあると思える建物は、読売をつくる工房のようなものだろう。

売り子はこの建物から出かけ、頭巾《ずきん》などで顔を隠して辻に立ち、大声を上げて人々の関心を集め、読売を売りさばくのである。

この建物に誰もいないはずがない。今も人知れず、ひっそりと読売を刷っているのかもしれない。

「よし、訪《おとな》いを入れますよ」

目に光をたたえて珠吉がいう。

「うん、頼むよ」

真剣な声で富士太郎は応じた。

珠吉がかわせみ屋の建物に歩み寄り、板戸をどんどんと叩く。

なにも応えはなかった。珠吉がもう一度、叩こうとしたとき、不意に臆病窓《おくびょうまど》が開いて、二つの目がこちらをのぞき見た。

「どちらさまですか」

珠吉に代わって富士太郎は臆病窓に近づき、名乗った。

「南町奉行所同心の樺山富士太郎だよ。後ろにいるのは、おいらの中間の珠吉だ。それで、おまえさんは誰なんだい」

「手前は、あるじの庄之助と申します」

その言葉に富士太郎は瞠目《どうもく》した。いきなり目当ての男が出てくるとは思いもしなかった。臆病窓の向こうに立つ男の顔を、富士太郎はまじまじと見た。

そんな富士太郎を、庄之助が関心を引きつけられたというような目で見ていた。そのことに気づき、富士太郎は軽く咳払いした。

「ほう、そうかい。おまえさんが庄之助かい」

「さようです。どうか、お見知り置きを……」

「うん、よく覚えておくよ」

よく光る庄之助の両眼をじっと見て、富士太郎はいった。

「それで、町方《まちかた》の旦那がどんなご用件でしょうか」

「その前にこの戸を開けて、おいらたちを入れてくれないかい」

「ああ、さようですね。失礼いたしました」

すぐに心張《しんば》り棒《ぼう》が外され、戸が横にするすると動いた。

体つきががっしりとし、赤銅色の肌をした男が暗い土間に立っていた。富士太郎たちを見る目つきも鋭く、琢ノ介が気圧されたというのも、わかるような気がした。

――まるで練達《れんたつ》の漁師のような男だね。いや、この立ち姿からして、武家かな。しかも、かなり剣を遣いそうな感じがするよ。

「どうぞ、お入りになってください」

響きのよい声でいって、庄之助が富士太郎たちを招き入れる。

「じゃあ、お邪魔するよ」

庄之助にうなずいてみせて、富士太郎は土間に足を踏み入れた。背後の珠吉が油断のない目で庄之助をじっと見ているのが、気配から知れた。

濃い墨のにおいがこの建物の中に霧のように漂っているのを、富士太郎は嗅ぎ取った。

「樺山さま、立ち話もなんですから、上がられませんか。あちらに客間がありますので」

板敷きの間の右側に見えている腰高障子《こしだかしょうじ》を、庄之助は指さしている。

「ああ、そうだね。お言葉に甘えて、上がらせてもらうとしようかな」

「どうぞ」

土間で雪駄を脱いだ富士太郎は板敷きの間に上がり、庄之助が開けた腰高障子の敷居を越えた。

そこは、掃除の行き届いた八畳間である。畳は新しいとはいえないが、塵《ちり》一つ落ちておらず、座るのにためらう必要はまったくなかった。

富士太郎の斜め後ろに珠吉が座した。

「今、茶をお持ちします」

八畳間を出ていこうとする庄之助を、富士太郎は制した。

「いや、いいよ」

「えっ、さようですか。喉が渇いていらっしゃいませんか」

「渇いてないから、茶はいいよ。それよりもさっそく話をしよう」

「承知いたしました」

着物の裾を払って、庄之助が富士太郎の正面に端座した。相変わらずよく光る目で富士太郎を見つめてくる。

「では、本題に入るよ」

宣《せん》した富士太郎は、真剣な眼差しを向けてくる庄之助に向かって昨夜の出来事を詳細《しょうさい》に語った。

えっと庄之助が声を漏らし、眉根を寄せた。

「口入屋のご主人が襲われたというのですか」

「そうだよ。昨日の午後、乾物問屋の出水屋という店で、するめで歯が欠けたという下手ないちゃもんをつけて金を強請り取ろうとした男がいてね。米田屋さんは、自ら手出しは一切せずに男を追い返したんだ。おそらくその意趣返《いしゅがえ》しで、米田屋さんは襲われたんだとおいらはにらんでいるよ」

「その下手ないちゃもんをつけたのが、うちの者だと樺山さまはおっしゃるんですか」

「そうだよ。公造という男だよ。この店の者だろう。ちがうかい」

「いえ、その通りで。公造は確かにうちの奉公人です」

背筋を伸ばし、庄之助がきっぱりと答えた。眉間にくっきりと太いしわが寄っている。庄之助はなにやら考え込んでいる様子だ。

るよ。

——どうやら庄之助は、今の話にかなり驚いたようだね。多分、そんなことがあったことなどまったく知らなかったんじゃないかな。動揺しているように見えるよ。

ふう、と息をつき、庄之助が顔を上げた。

「さようですか。出水屋という乾物問屋を公造が強請ろうとしたのは、まちがいないのですね」

「まちがいないよ。ちゃんと店の者に話を聞いてきたからね」

「なるほど、さようですか。裏は取ったということですね」

「そういうことだよ」

ふむう、とうなり声のような声を上げて庄之助が富士太郎を見る。

「米田屋さんのご主人が襲われたということですが、そちらは、うちの者がやったという証拠はあるのですか」

「いや、ないよ」

嘘をつくわけにはいかず、富士太郎はかぶりを振った。

「うちの者が米田屋さんを襲うところを目にした者はいるのですか」

「いや、いないよ」

その言葉を聞いて、庄之助がほっとしたように息をついた。

「でしたら、うちの者がやったというのは、疑いでしかないわけですね」

「うん、そういうことになるね」

庄之助の言葉に逆らうことなく、富士太郎はうなずいてみせた。

「樺山さま、偉そうなことを申し上げますが、うちの者がやったという確《かく》たる証拠を見つけるか、襲撃を目の当たりにした者を捜し出すか、そのいずれかがおできになったときに、またおいでいただけますか」

別に、庄之助は勝ち誇ったような顔はしなかった。むしろ苦しそうな表情をしているように富士太郎には見えた。

「じゃあ、おまえさんはかわせみ屋の者は無実だというんだね」

「人を害するような真似は、手前がかたく禁じております。うちに禁を破る者など一人もおらぬことを、手前は確信しておりますよ」

ふむ、と庄之助を見つめて富士太郎は小さな声を出した。

——なにか自分にいい聞かせているようにも見えるね。この男、そういうふうに信じたいだけなんじゃないかね。

富士太郎はそんな気がしてならなかった。

　――それにしても、この男、琢ノ介さんのいうように異様な迫力があるね。本当に何者なのかな。やはり出自《しゅつじ》は武家で、剣の腕も相当とみたよ。一介《いっかい》の読売屋のあるじにしておくには、ちともったいないような気がするね。

　庄之助を見つめたまま、富士太郎は口を開《ひら》いた。

「米田屋さんの襲撃はともかくとして、商家への強請たかりは、おまえさんがいくら禁じていても、隠居の恒五郎の頃から習《なら》い性《せい》のようになっているから、おまえさんのあずかり知らぬところで、奉公人が勝手にやっているのかもしれないよ。おまえさん、この店の跡を継いでまだ三月《みつき》というし、なかなか統制も取りづらいだろう」

「よくお調べで。確かに、おっしゃる通りです」

　深いため息とともに庄之助が認めた。

「樺山さま、公造はきつく叱っておきますので、今日のところはお見逃し願えますでしょうか」

「うん、それは構わないよ」

　庄之助を凝視して富士太郎は顎を引いた。

「出水屋にしたって、米田屋さんのおかげで金を脅し取られることもなかったし、公造を捕まえてほしいという願いも出ていないからね。あえて捕まえる謂《い》われはないから、それについては安心していいよ。でも——」

いったん言葉を切って富士太郎はすぐに続けた。

「もしまた同じようなことがあったら、見逃さないよ。庄之助、それは肝《きも》に銘じておくことだね」

「ええ、よくわかっております」

済まなそうに庄之助がこうべを垂れた。

「ご配慮、感謝いたします」

庄之助、と呼んで富士太郎はどこか菩薩のようにも見える顔を上げさせた。

「公造にも話を聞きたいのだけど、今いるのかい」

いえ、といって庄之助が首を横に振った。

「ちょっと出かけております」

「読売を売りに出たのかい」

「いえ、ちがいます。使いに出たのです……」

——ああ、もしかすると……。

ぴんときた富士太郎は庄之助にたずねた。

「もしや恒五郎の隠居所に行っているんじゃないのかい」

「そうかもしれません」

「そうかもしれないって、奉公人の居どころを把握していないのかい」

「相済みません」

両手を膝に置いて庄之助が謝る。

「あるじというのに奉公人に目が行き届いておりませんで……」

「ひょっとすると、いまだに恒五郎が強請やたかりをやらせているのかもしれないよ」

「いえ、さすがにそれはないと思うのですが」

「米田屋さんが襲撃されたのだって、恒五郎が命じたのかもしれないよ」

「いえ、それもありません。繰り返し申し上げますが――」

「証拠を持ってくることだろう」

庄之助の言葉を遮《さえぎ》って富士太郎はいった。

「よくわかっているよ。今から証拠を探しに行くとするよ」

すっくと立ち上がった富士太郎は、庄之助を見下ろした。庄之助が控えめに富士太郎を見上げてくる。

――この庄之助という男が嘘もついていないし、しらも切っていないとするなら、恒五郎が奉公人に命じて琢ノ介さんを襲わせたというほうが考えやすいね。よし、今から隠居所のほうに行ってみるとするか。

それにしても、と富士太郎は続けて思った。

――この庄之助という男、本当に昔の剣豪を思わせるものを身にまとっているねえ。実際に剣をかなり遣いそうに見えるけど、果たしてどうなんだろうね。まさか直之進さんと同じくらいに遣えるなんてことはないだろうね。いや、ないに決まっているよ。直之進さんは御上覧試合で二位になった人だよ。その人と肩を並べるなんてことが、あってたまるもんかい。

心中で富士太郎は自らにいい聞かせた。

「忙しいところ、済まなかったね」

庄之助に軽くうなずいてみせた富士太郎は珠吉を促し、かわせみ屋を引き上げることにした。

「いえ、お構いもいたしませんで、失礼いたしました」

畳に両手をついて、庄之助が深々と頭を下げてきた。

「ああ、そうだ。一つききたいことがあるんだけど、いいかな」

「なんなりと」

「恒五郎の隠居所はどこにあるかな」

「今から行かれますか」

「うん、そのつもりだよ」

わずかながら庄之助の頰が動いたように見えた。

──今のはなんだろう。

気にかかったが、富士太郎は庄之助の次の言葉を待った。

「薬王寺門前町《やくおうじもんぜんちょう》です。町の者にきけば、すぐに場所はわかると思います」

「薬王寺門前町か。目と鼻の先だね。わかったよ。じゃあ、これでね。──ああ、そうだ、庄之助。奉公人たちをしっかりまとめるんだよ。二度と悪さをさせちゃいけないよ」

「はい、よくわかっております」

礼儀正しく庄之助は辞儀してきた。

──まるでこの仕草《しぐさ》は武家そのものだね。

そんなことを思いながら富士太郎はかわせみ屋を出て、珠吉とともに薬王寺門前町にあるという恒五郎の隠居所を目指した。

前を行く珠吉の背中を見ていた富士太郎はふと足を止めた。

その気配に気づいて珠吉が振り向く。

「旦那、どうかされましたかい」

「なにか妙な感じなんだ」

「なにが妙なんですかい」

「いや、誰かに見られているような気がするんだよ……」

えっ、と声を上げて珠吉がさっとまわりを見渡す。珠吉の目がぎらりと光を帯びた。

さすがの迫力で、長年、探索の場に身を置いてきた者特有の目の光り方としかいいようがない。

「珠吉は感じないかい」

「ええ、済みません」

「いや、別に謝ることはないんだよ」

珠吉と同様に富士太郎もしばらくあたりを見回していたが、ふっと肩から力を抜いた。

「どうやら、こっちを見ている人なんか、誰もいないようだね。おいらの勘ちがいだったかな……」

「でも、旦那の勘はよく当たりますからね」

なおも珠吉は、油断のない目をあたりに投げている。

「いや、珠吉、もういいよ。行こう」

珠吉を促して富士太郎は恒五郎の隠居所を目指した。


五町ほど南に下ると、道は薬王寺門前町に入った。

右手に薬王寺があり、左側に町地の町並みが続いている。薬王寺自体はさほど広い境内を誇っているとはいえない。

薬王寺門前町の自身番の者に、珠吉が恒五郎の隠居所の場所をきいた。自身番づきの若い衆《し》が自ら案内してくれた。

「こちらですよ」

隠居所といっても、なかなか広い家だ。五部屋ほどは優にあるのではないか。

若い衆が、失礼いたします、といってその場を去ろうとする。

「ありがとうね」

若い衆に礼を述べて、富士太郎は珠吉とともに目の前の家に歩み寄った。

戸口に立った珠吉が訪いを入れる。すぐに、はーい、と女の声で応えがあった。

その直後、するすると戸が横に滑ると、年増というべき女が狭い土間に立っているのが、富士太郎の目に映り込んだ。

この女は、と富士太郎は思った。恒五郎の妾でお吟とかいうんだったね。

なかなか色っぽい女に見えるが、妻の智代《ともよ》にぞっこんの富士太郎の心は、まったく動かない。

「これは、町方の旦那。いらっしゃいませ」

お吟とおぼしき女は丁寧に辞儀してきた。

——町方がいきなりあらわれたというのに、まったく驚かないね。

そのことに富士太郎は不審さを覚えた。

「おいらは南町奉行所の定廻り同心の樺山という。こっちは中間の珠吉だ」

「樺山さまと珠吉さんですね。私は吟と申します。どうぞ、よろしくお願い申し上げます。それで樺山さま、どんな御用でいらしたのですか」

「ここにかわせみ屋の奉公人の公造がいると聞いて来たんだけど、会わせてもらえるかい」

「公造ですか。ええ、ついさっきまでいたのですが、先ほどちょっと使いに出ました」

――なんだい、まるでおいらが来ることがわかっていたみたいじゃないか。

「公造はどこに行ったんだい」

さあ、とお吟が白くて細い首をひねる。

「いったいどこに行ったのか。でも、うちの旦那さまの使いで出かけたので、きっとすぐに戻ってくると思います」

「どこに行ったかわからないのに、すぐに戻るってどうしてわかるんだい」

当然の問いを富士太郎は発した。

「うちの旦那の使いというのは、たいてい近所なんですよ。酒とか饅頭とかを買ってこいと、いつも同じようなことしかいわないものですから……」

そういうことか、と富士太郎は思った。

「では、恒五郎はいるんだね」

「ええ、おります」

「会わせてもらえるかい」

「はい、承知いたしました。では、樺山さま、珠吉さん、お上がりになってください」

「ああ、済まないね」

お吟に手招かれ、富士太郎たちは上がり込んだ。香が焚《た》きしめてあるのか、中はいいにおいが漂っていた。

体を清めてくれそうな、深く吸い込みたくなるにおいである。

――これはきっと恒五郎の嗜《たしな》みではなく、お吟のものだろうね。話に聞く恒五郎にはお香など、まるで似つかわしくないものね。

八畳間の客間に通され、富士太郎たちは畳の上に端座した。畳は替えられてさほどたっていないようで、こちらからもいい香りが立ち上っていた。

「座布団をお使いになりますか」

お吟にきかれ、富士太郎はかぶりを振った。

「いや、いらないよ」

珠吉がうなずいている。

「承知いたしました。では、すぐに恒五郎を呼んでまいりますので、お待ち願えますか」

丁重な口調でいって、お吟が客間を出ていった。

すぐに茶を持ってお吟が戻ってきた。茶托《ちゃたく》を置き、その上に蓋《ふた》付きの湯飲みをのせる。

「どうぞ、お召し上がりください。旦那さまは今まいりますので」

一礼してお吟が去っていく。

喉が渇いていたので、富士太郎はありがたく茶をもらうことにした。湯飲みの蓋を取り、かすかに湯気を上げている茶を喫した。ほんのりとした甘みと、切れのよい苦みが口中に広がる。

――こいつはうまいや。いい茶葉をつかっているんだね。

「おいしいよ。珠吉もいただきな」

「じゃあ、お言葉に甘えて」

湯飲みを手に珠吉が茶を飲んだ。

「本当だ、こいつはうまいですね」

「うん、茶葉もいいけど、きっと淹《い》れ方《かた》も上手《じょうず》なんだね」

「――ええ、町方のお役人のおっしゃる通りですよ」

いきなり耳障りな甲高い声が響いたと思ったら、ずいと一人の男が客間に入ってきた。

「失礼します」

顎を軽く引いただけの、尊大さを感じさせる空辞儀《からじぎ》でしかなかった。四十過ぎと思える男が富士太郎の前に端座した。

「茶葉には贅沢をしています。隠居の楽しみというと、そのくらいしかないもので……。うちのお吟は淹れ方が上手なのですよ」

無言で富士太郎は目の前の男を見つめた。

「お初にお目にかかります」

軽く頭を下げた男が、富士太郎を値踏みするような目で見る。いかにも粘っこさを感じさせる目つきだ。

「手前が恒五郎でございます。どうか、よしなに」

恒五郎を見返して、富士太郎はうなずいた。

——確かに、ずいぶん悪そうな顔をしているよ。これまでの生き様が出ているかのような卑しさを感じさせる脂ぎった顔だね。米田屋さんを襲うように命じたのは、本当にこの男ではないかな……。

息を入れて富士太郎は口を開いた。

「おまえさんはもう知っているかもしれないけど、口入屋米田屋のあるじの琢ノ介さんが襲われたんだよ。おいらたちは、その件で来たんだ」

「ちょっと待ってください」

　意外そうな顔をして恒五郎が右手を上げた。

「あの、米田屋さんが襲われたんですか。米田屋さんとは昨日、牛込原町の茶店で一緒になりましたが、そいつは初耳ですよ。樺山の旦那は、手前がどうしてそのことを知っていると思われるんですか」

「それは、米田屋さんを襲ったのがおまえさんの使嗾《しそう》ではないかと疑っているからだよ」

「えっ、使嗾ですって。樺山の旦那はどうしてそんなことをおっしゃるんですか」

「米田屋さんが襲われたのは、公造が乾物問屋の出水屋を強請《ゆす》ろうとして米田屋さんに邪魔された意趣返しだと考えているからだよ」

「意趣返しですか……」

「そうだよ。おいらは、米田屋さんを襲わせたのはおまえさんが命じたか、そそのかしたのではないかと思っているんだ」

「そんな。手前がそんな真似をするわけがないじゃないですか」

「表沙汰にはほとんどならなかったけど、かわせみ屋の強請たかりについてはおまえさんが命じて奉公人たちにやらせていたのはまちがいないと、おいらは確信している」

「いえ、樺山の旦那、それはちがいますよ。強請はともかくとして、前は確かにたかりの類をやっておりましたよ。それについては、まことに申し訳なく思っております。しかし、今は庄之助という者にうちも代替わりをしまして、もうそんな真似はしないことになったんです。ええ、そう決まったんですよ」

そんな言葉など信じられるものではなく、冷ややかな目で富士太郎は恒五郎を見た。

「じゃあ、きくけど、昨日公造が出水屋を強請ろうとしたのは、庄之助の言いつけを守らず、手前勝手にやろうとしたことなのかい」

「出水屋に公造がそんな真似をしたというのも、手前には初耳です。まことに申し訳ないのですが、公造はおそらくまだ庄之助に心服《しんぷく》しておらず、樺山の旦那のおっしゃる通り、言いつけを守ろうという気があまりないんでしょう。きつく叱りつけておきます」

「公造が前と変わらずに心服しているのは、おまえさんだね。おまえさんは、今も公造を顎で使っているんだろう」

いえ、といって恒五郎が首を横に振った。

「もう顎で使うような真似はしていませんよ。手前はもう隠居で、公造はかわせみ屋の奉公人ですからね。顎で使えるのは、庄之助だけです」

「でも、いま公造はおまえさんの用事で外に出ているんだろう」

「たまたまこちらに使いで来たものですから、ちょっと用事を頼んだだけですよ」

「おいらが思うに、今も公造は、おまえさんの息がかかっているにちがいないんだよ。公造は、庄之助の意のままになっていないんじゃないかい」

「ええ、残念ながら、庄之助はまだ新しい主人ということで、公造が甘く見ているところはあるかもしれませんね」

渋い顔で富士太郎の言を認めて、恒五郎がぎろりと目を光らせた。

「その前に樺山の旦那におたずねしたいのですが、米田屋さんが襲われたのは、いつのことなんですか」

「そのことは、おまえさんのほうがよく知っているんじゃないのかい」

「いえ、存じませんよ」

あくまでもしらを切るつもりなんだね、と富士太郎は思った。

「米田屋さんが襲われたのは昨日の夜だよ。外回りから帰ってきたところを、待ち構えていた何者かに襲われたんだ」

「下手人は一人ですか」

「なんでそんなことをきくんだい」

「ちょっと気になったものですから」

「そのことも、おまえさんは知っていると思うんだけどね」

「いえ、知りませんよ」

「どうも六人ほどの男にやられたらしいよ」

琢ノ介によれば三人ということだったが、今は本当のことをいう気は富士太郎にはない。

「ええっ」

腰が浮くほどに恒五郎が驚いた。

「恒五郎、仰天したようだね」

「え、ええ。それだけの人数が、たった一人を襲ったのかって、びっくりしてしまいましてね……」

ね。

——やはりこいつは、琢ノ介さんを襲ったのが三人だってことを知っている

富士太郎は確信を抱いた。

「まったくひどいことをするもんさ。許せないよ」

怒りをたぎらせた顔で富士太郎はいった。

「ところで、米田屋さんは無事なんですか」

角張った喉仏《のどぼとけ》を上下させて、恒五郎がきいてきた。

「体中を木刀らしい物でこっぴどくやられた上に、頭にも一撃を食らっている

よ。今は生死の境をさまよっているところだよ」

ここは本当のことを恒五郎に伝える必要はない、と富士太郎は判断した。誰も

琢ノ介が人離れした頭蓋骨の硬さを持つ男であることなど知らないのだ。

「頭に一撃……」

「まだ生きているのが不思議なくらいだよ」

「そうでしたか……」

「米田屋さんはおいらの友垣でね。おいらはこの一件をとことん探索して、必ず

下手人は捕まえるよ。もし米田屋さんが死んだら、下手人は獄門だからね。米田

屋さんを襲うように使嗾した者も、同罪だよ。恒五郎、わかったかい」

「ええ、よくわかりましたけど、手前は使嗾など、一切していませんからね。なにしろ、阿漕《あこぎ》な真似をすると、庄之助にこっぴどく叱られますからね。手前は庄之助に一目《いちもく》も二目《にもく》も置いております。庄之助は他の男とはまったくちがいますからね。器の大きさを手前は感じていますよ」

——他の男とちがうらしいのは、おいらにもわかっているよ。しかし、恒五郎を相手にしていては、埒《らち》が明かないね。暖簾に腕押しというか……。

ここは公造に話を聞いてみるか、と富士太郎は考えた。もっとも、公造が塚ノ介の襲撃に加わっていたかどうかはわからないし、仮に加わっていたとしても恒五郎と同様、しらを切るだけだろう。

——無駄かもしれないけど。

うつむいて富士太郎は思案《しあん》した。

——じかに話をするのも、仕事のうちさ。

「ところで、公造はもう帰ってきたかい」

面を上げて富士太郎は恒五郎にたずねた。

「ちょっとわからないのですが、見てきましょう」

立ち上がるや、恒五郎が出ていった。

ややあって三十半ばと思える男を伴って戻ってきた。男は顔をひどく腫らしていた。

「こいつが公造ですよ」

恒五郎が自分の横に座らせて、富士太郎に紹介した。

いかにも小ずるそうな顔をした男を、富士太郎はまじまじと見た。

「なんで公造は顔を腫らしているんだい」

「おわかりでしょう」

「今おまえさんが殴ったのかい」

「ええ、まあ」

苦虫を噛み潰したような顔で、恒五郎が答えた。

「こいつは勝手な真似をしましたからね。庄之助の言いつけを守らずに……」

公造、と富士太郎は呼びかけた。

「おまえは、米田屋さんのことをうらみに思っているね」

公造を見つめて、富士太郎はただした。

「いえ、そんなことはありません」

強くかぶりを振って公造がいった。

「出水屋に金をたかろうとしたのは、あっしの過《あやま》ちでした。今は深く反省しています」

この男が反省なんかするとはとても思えないね、と富士太郎は思った。

――きっと恒五郎に、いわされているんだろうよ。

軽く咳払いして富士太郎は公造にいった。

「昨夜、米田屋さんが何者かに襲われて怪我をしたんだけど、その襲撃に加わったということはないかい」

「ありません」

横にいる恒五郎が、馬鹿にしたような冷ややかな目で富士太郎を見ていた。

「公造には、もし今度、商家に金をたかるような真似をしたら殴られるだけでなく、放逐《ほうちく》するといっておきましたよ。この寒空のもと路頭に迷うんざ、ぞっとしないでしょう。公造も、もう二度としないとかたく誓いましたよ」

間を置くことなく恒五郎が言葉を続ける。

「なにしろ、うちは真っ当な読売屋ですからね。庄之助があるじとなった今、昔とはちがうんですよ」

とりあえず今日はここまでかな、と富士太郎は思った。恒五郎が琢ノ介を襲わせたという証拠はなにもないのだ。

——おまえがやらせたのは、おいらにははっきりとわかっているんだけどね。

ここはもどかしさをこらえ、富士太郎は引き下がるしかなかった。

富士太郎は、珠吉とともに恒五郎の隠居所を出た。

——さて、これからどうしようかな。

歩き出して富士太郎は考えた。

琢ノ介には悪いが、縄張内の見廻りも怠《おこた》るわけにはいかないのだ。毎日、定廻りが足を運ぶことで、町々の平安が保たれているということもあるのだから。自分たちが縄張を見廻ることで、未然に犯罪が防がれているという自負を富士太郎は抱いている。

——米田屋さんを襲った者どもをなんとしても捕らえたいものだけどさ……。

どうすべきか、富士太郎は迷った。

「樺山の旦那——」

不意に横から、富士太郎を呼ぶ者があった。はっとして見ると、そばに五十過ぎと思える男が立っていた。

その場に立ち止まって、富士太郎はその男をまじまじと見た。

——はて、誰だったかな。顔に見覚えはあるんだけど……。

悪い男ではないのは確かである。こちらに害意《がいい》は持っていないはずだ。

富士太郎はちらりと珠吉を見たが、どうやら珠吉にもわからないようだ。いぶかしげに男を見ているのがその証《あかし》である。

へへ、と富士太郎と珠吉を交互に見やって、男が薄ら笑いを漏らした。

「樺山の旦那も珠吉さんも、どうやらあっしの名をお忘れになっちまっているようですね」

「済まないね。おまえさんの顔は覚えているんだけど……」

「いえ、何度もお目にかかったわけではないんで、そいつは仕方ありませんよ」

「そういってもらえると助かるよ」

「あっしは岡っ引の金之丞《きんのじょう》と申します」

「ああ、金之丞かい」

いわれて富士太郎は思い出した。金之丞は、死んだ定廻り同心の久保崎丹吾《くぼさきたんご》に手札をもらっていた男である。珠吉も納得したような顔つきをしている。

「思い出していただき、まことにありがとうございます」

おどけたように金之丞がいった。

「でも金之丞、このあたりはおまえさんの縄張じゃないだろう」

「ええ、ちがいます。このあたりは善六《ぜんろく》親分の縄張ですが、ちょっと勝手に入らせてもらったんですよ」

善六は、富士太郎の父、一太郎から手札をもらっていた岡っ引だ。富士太郎は岡っ引が好きではないので、善六を用いようとは思っていない。

だから、父の跡を継いだ今も善六に手札は与えていない。それでも、善六はときおり探索に加わって、なんとか手柄を立てようとしている。

「なぜおまえさんは、善六の縄張に入ってきたんだい」

頭に最初に浮かんだ疑問を富士太郎は金之丞にぶつけた。

「ちょっとここではなんですので、こちらに来ていただけますか」

金之丞に連れていかれたのは、薬王寺の境内の横に通じている路地である。路地の先には別の寺があるようだ。ここはその寺の参道になっているらしい。参詣する者はほとんどいないようで、人けはまったくない。

路地を見通すようにしてから、金之丞が口を開いた。

「実は、あっしはかわせみ屋からここまで庄之助をつけてきていたんですよ。そこの物陰にひそんでやつが恒五郎の隠居所から出てくるのを待っていたら、樺山の旦那たちが出てきたんで、声をかけさせていただきました」

ええっ、と富士太郎は瞠目して目の前に立つ金之丞を見た。

「かわせみ屋から庄之助が、隠居所にやってきたのかい」

「ええ、さようで」

真剣な顔で金之丞がうなずく。

「先ほど、樺山の旦那たちがかわせみ屋を出た直後、庄之助も一人で出てきましてね。すぐに道を駆け出しましたよ。あっしもそのあとを、あわてて追いかけました」

つまり、と富士太郎は思った。庄之助は隠居所に先回りをして、富士太郎たちが今からやってくることを、恒五郎たちに伝えたのだ。だからお吟や恒五郎は、富士太郎たちが来てもまったく動じていなかったのも、庄之助に殴られたからだろう。恒五
とすれば、公造が顔を腫らしていたのも、庄之助に殴られたからだろう。恒五郎の仕業というわけではなかったのだ。

やられたね、と富士太郎は唇を嚙み締めて思った。地団駄《じだんだ》を踏みたい気分だが、ここでそんなことをしても意味はない。

深く呼吸して、富士太郎は少し気持ちを落ち着けた。金之丞をじっと見る。

「おまえさん、先ほどかわせみ屋を張っていたといったね」

「ええ、張っていましたよ」

あれは勘ちがいではなかったのだな、と富士太郎は思った。先ほど感じた何者かの目は、金之丞が見ていたからにちがいない。

「なぜおまえさんは、かわせみ屋を張っていたんだい。というより、ここまでつけてきたということは、庄之助を張っているんだね」

「ええ、おっしゃる通りで」

「どうしておまえさん、庄之助のことを気にしているんだい。わざわざつけたりまでして」

あの男のことが、と金之丞はいった。

「なにか気に入らないんですよ。悪評芬々《ふんぷん》のかわせみ屋のあるじになって、今やその悪評を必死に覆《くつがえ》そうとしているようなんですが……」

「庄之助の意図が気に入らないのかい」

「ええ、まあ、そうです」

富士太郎に厳しい眼差しを注いで、金之丞が認めた。

「阿漕な恒五郎の養子になって跡取りに収まった男ですよ。なにか企んでいるにちがいないんです」

——琢ノ介さんと同じことをいうね。

庄之助という男にはやはりなにかあると、富士太郎は思わざるを得ない。

「それと、あの男をどこかで見たことがあるような気がするんですよ」

「それは、かわせみ屋に養子として入る前のことだね」

「そうです。ただし、どこであの男を見たのか、まったくわからないんですよ。若い頃ならとっくに思い出せているんでしょうけど、歳を取って耄碌《もうろく》しちまったのか、どうにも思い出せないんです。小骨が喉に刺さっているみたいで、なんとも気持ちが悪くてならないんですよ」

「それで、庄之助をつけたりしているのか。岡っ引のおまえさんがどこかで見たことがあるっていうことは、庄之助という男は犯罪人、悪者ってことなのかい」

「だと思うんですが……」

下を向いて金之丞が言葉を濁した。

「確信はないのかい」

「ええ、ありません。確証をつかむために、あの男をつけ回しているんですが……」

　そういうことか、と富士太郎は思った。

「おまえさんも気づいているかもしれないけど、あの庄之助という男、剣術のほうもかなり遣うように見えるよ」

「元は武家でしょうかね」

「あの男を一目見て、おいらもそう感じたよ。でも、今は町人にも剣の達人がいるらしいから、先入主《せんにゅうしゅ》は禁物《きんもつ》だね」

「ああ、さようですね」

「しかし、そんな剣の達人かもしれない男をつけ回したりして、おまえさん、庄之助に気づかれてないのかい」

「なに、大丈夫ですよ」

　自信たっぷりに胸を叩いて、金之丞が誇らしげに笑う。

「なにしろ、もう何十年もこの仕事をしていますからね。いくら庄之助が凄腕だとしても、気づかれるなんてへまはしませんぜ」

　――庄之助は、そんなに甘い男に見えないんだけどね。

「とにかく、気をつけるんだよ。危ないと思ったら、すぐに逃げなきゃいけないよ」

「ええ、樺山の旦那のおっしゃる通りにしますよ」

「きっとだよ」

「ええ、きっとです」

これだけいっておけば大丈夫だろうと、富士太郎は自分を納得させるしかなかった。先ほどの公造の腫れた顔が脳裏をよぎる。

「樺山の旦那は、昨夜、米田屋が襲われた件でこちらにいらしたんですね」

「ほう、おまえさん、よく知っているね」

富士太郎はしげしげと金之丞を見た。

「仕事柄、早耳だけが取り柄でしてね」

「おまえさんは今、どなたから手札をもらっているんだい」

「いえ、今はどなたからももらっちゃいませんよ。ただあっしは岡っ引として、庄之助という男の素性《すじょう》をどうしても知りたいんです」

「ふーん、そうなのかい」

――犬がよく前足で穴を掘るけれど、犬もどうして穴を掘りたいのか、わかっていないようなところがあるよね。それと似たようなものかな。

「庄之助という男は、あっしの岡っ引根性をあおり立てるというのか、そんな感じがするんですよ」

「でも金之丞、何度もいうけど、庄之助のことは慎重に調べるんだよ。やり過ぎは禁物だからね。わかったかい」

「ええ、わかりましたよ」

苦笑を浮かべて金之丞がうなずいた。

「庄之助についてなにかわかりましたら、旦那につなぎを入れますよ。待っていてくださいね」

「それはありがたいけど、本当に気をつけておくれよ」

くどいほどに富士太郎は念を押した。庄之助に関することだけに、いくらしつこくいってもよいような気がしている。

よくわかっていますよ、と金之丞が納得したような顔でいった。

「ところで樺山の旦那――」

真摯《しんし》な眼差しを、金之丞が富士太郎に投げてきた。

「もしこたびの件であっしのことが気に入ったら、旦那の手札をいただけませんか」

その申し出に、えっ、と富士太郎は少し驚いた。思ってもいなかったことだ。ちらりと横を見ると、珠吉も目をみはっている。

軽く息を吸い込んで、富士太郎は金之丞にいった。

「おまえさんも知っているだろうけど、おいらに岡っ引を使う気はないんだよ……」

「ええ、そいつはよく存じ上げていますよ」

真剣な表情で金之丞が顎を引いた。

「南町奉行所の一番星という評判の樺山の旦那が岡っ引を使わないのは、よく知られたことですからね」

「おいらは一番星なんかじゃないよ」

話の流れからしてどうでもよいことだったが、富士太郎は否定せざるを得なかった。

「いえ、南町奉行所で最も光り輝いている人ですからね。とにかく樺山の旦那が岡っ引を嫌っているのは、威《い》を笠に着て悪さをするからでしょう」

「そういうことだね。もともとが犯罪人だからということではないんだよ。悪さするのがいやなんだよ」

「しかし樺山の旦那、あっしはほかの岡っ引がやっているような悪さは一切しませんよ。そのことは、定廻りの旦那方にきいていただければ、わかってもらえると思います」

「ふむ、そうなのかい」

「まあ、とにかく、あっしの働きぶりを気に入ってくれたらでけっこうですから……」

「わかったよ」

金之丞に向かって、富士太郎はうなずいてみせた。今はこういうしかなかった。

それに、手が足りないときに、探索の助けになる者が必要になるのは、まちがいないことなのだ。

「まずは、おまえさんの仕事ぶりをじっくりと見せてもらうよ。だからといって、金之丞、決して無理をしちゃいけないよ。わかったね」

富士太郎は、金之丞にさらに釘を刺すのを忘れなかった。

「ええ、わかりました」

威勢のよい声で金之丞が答えた。

「では、あっしは自分の仕事に戻ります」

着物の裾を翻《ひるがえ》して、金之丞が路地を走り出した。

土埃《つちぼこり》に巻かれたかのように、その姿はあっという間に見えなくなった。

第三章

一

人影が障子に差した次の瞬間、からりと音が立った。

障子を横に滑らせて、不機嫌そうな顔で恒五郎が入ってくる。庄之助をじろりと見て、どかりと向かいに座った。

「帰りましたか」

恒五郎を見つめて庄之助はたずねた。

「ああ、帰った」

ぶっきらぼうに恒五郎が答えた。

「ご隠居、あの樺山富士太郎という定廻り同心は、かなりできますよ」

「ぼんくらとしか思えない顔つきをしているが、どうもそんな感じだな」

「まちがいなくやり手です。樺山という同心が連れていた年老いた中間も油断のならない目をしていました。あの二人は、探索に関しては相当の凄腕《すごうで》だと思います」

「そうかもしれねえ。だがわしは、ぼろは出しちゃいねえよ。おめえがあらかじめ来ることを知らせてくれたおかげだ」

――もし樺山という同心が不意打ちのように訪ねてきていたら、果たして恒五郎は大丈夫だっただろうか。

奥歯を嚙み締めて庄之助は自問した。

――いや、この男のことだ、しゃべりすぎてきっとしっぽをつかまれたにちがいあるまい。

目の前に座している恒五郎から目を離して、庄之助は顔をゆがめた。舌打ちをしたい気分だが、そんなことをしてもいいことなど一つもない。

――それにしても、米田屋を襲わせるとは、まったく愚かな真似をしおって。下手をすれば、かわせみ屋は公儀に潰されてしまうかもしれんのだ。そんなこともわからんのか。くそう、せっかくかわせみ屋を手に入れたというのに、まったく余計な真似を……。

「ご隠居、もう一度ききますが――」

できるだけ冷静な声音で、庄之助は恒五郎にただした。

「公造が出水屋で邪魔立てされた仕返しに、米田屋に手出しをしたのですね」

「当たり前だ」

面を上げ、恒五郎が傲然《ごうぜん》と答えた。

「なめた真似をした者には、思い知らせなきゃならねえ。黙って放っておくというのが、最もしちゃならねえ手だ」

まったく馬鹿なことを、と庄之助は再び思った。米田屋が襲われたことで、あして町奉行所の定廻り同心が出てきてしまった。

――しかも、米田屋というのは、樺山というあの同心の友垣らしいではないか。おそらく、あの樺山という同心は、米田屋を襲ったのが誰か、調べ抜くだろう。

いや、もうかわせみ屋の者がやったと目星《めぼし》をつけているだろうから、こちらを徹底して調べるに決まっている。

ため息をつきたくなったが、庄之助は我慢した。

――しかし、なにゆえわざわざ公儀の目を引くような真似をしなければならぬのか。

庄之助にはまったく理解ができない。目を上げ、恒五郎をちらりと見やる。

――こやつはすでに邪魔者だ。呉太郎と同じ穴の狢《むじな》でしかない。

懐にしまっている匕首に、庄之助は触れたい衝動に駆られた。しかし、なにもせず無言のまま立ち上がった。

「店に帰るのか」

恒五郎にいわれ、思い直して庄之助は静かに座った。

「ご隠居、三人の者に米田屋を襲わせたといいましたね。その三人の名を教えてください」

「教えたら、三人を折檻《せっかん》するんじゃねえのか」

「そんなことはしませんよ。ご隠居、教えてもらえますか」

なにもいわずに庄之助をにらみつけていたが、恒五郎は、わかったよ、と少し疲れたようにいった。

「水戸吉《みときち》、浜之助《はまのすけ》、里兵衛《りへえ》の三人だ」

「わかりました」

その三人の名は、胸に叩き込むほどのことではなかった。かわせみ屋の奉公人だけに、よく知っている男たちだ。

「公造は襲撃に加わっていないのですね」

「あいつは、人の弱みなどを握るのはうまいが、荒事《あらごと》はほとんどできねえからな」

「今どこにいますか」

「隣の間だ。連れて帰るのか」

「もちろんです」

「しかし庄之助、あんなに手ひどく殴りつけるなんて、いくらなんでも、ちとやり過ぎじゃねえのか。顔が腫れ上がっていたぜ」

「公造も他の者たちと同様、二度と強請やたかりのような真似はしないと誓いました。しかし、その誓いを破った以上、懲《こ》らしめを受けるのは当然のことです」

恒五郎を見据えて、庄之助は強い口調でいった。

「懲らしめか……」

情けなさそうに恒五郎がつぶやいた。

「まあ、わしはもう隠居したんだからな。おめえのやり方に口は挟むまい。おめえのしたいようにするがいいさ」

「そうさせてもらいます」

きっぱりといって庄之助はすっくと立った。

「ああ、そうだ。公造に、辻の稲荷に来るようにいってください」

「おめえは勝手口から出るんだな」

「そうです。手前はこの家に来たことにはなっていないですからね」

一度、恒五郎をじっと見下ろしてから庄之助は部屋を出た。廊下を歩いて勝手口に行き、そこを抜け、ちんまりとした庭に出た。

庭の端に設けられている枝折戸《しおりど》を出ようとして、庄之助は足を止めた。後ろから駆けてくる者がいることに、気づいたからだ。

振り返ると、小走りに近づいてきたのは、妹のお吟だった。息を少し弾ませている。

「兄上……」

むっ、とうなり、庄之助はお吟を見つめた。お吟はすがるような目で、庄之助を見ている。

「お吟、兄上と呼ぶのはよせ。何度もいっているだろう」

「済みません、お兄さん」

こうべを垂れてお吟が謝る。

「いや、別に謝るほどのことはないのだ」

急に、目の前の妹が哀れに見えてきた。庄之助の心は湿《しめ》り気《け》を帯びた。

「お兄さん――」

泣き出しそうな顔でお吟が呼んできた。

「なんだ」

「お兄さん、大丈夫なのですか」

「大丈夫とは、なにがだ」

「お兄さんが、なにか無理をしているように見えてならぬのです」

お吟を見つめ返して、庄之助はにこりとしてみせた。

「俺は自分の信ずる道を行こうとしているだけだ。なんの迷いもないし、むろん無理などしておらぬ」

お吟、と庄之助は妹を呼んだ。

「そなたこそ大丈夫なのか」

恒五郎という薄汚い男の妾までさせているのだ。

「ええ、大丈夫です」

庄之助の目を見てお吟がはっきりと答えた。

「それならよいのだが……」

「お兄さん、私のことを、そなたなどと呼んではいけませんよ」

やんわりとした口調でお吟が注意してきた。

「ああ、そうであったな」

人のことはいえぬ、と庄之助は思った。

「これから気をつけよう」

ええ、といってお吟がか弱げな微笑を口元に浮かべた。

幼い頃、近所の悪がきが、よくお吟をいじめていた。むろん、その悪がきは庄之助がぶちのめしたが、いじめられたお吟が、なんでもないの、と庄之助にいって微笑したときの顔が、今と同じだった。

——つまり、なんでもなくはないのだ。妹なりに、気を張っているのだな。なんと哀れな……。

庄之助は手を差し伸べて、お吟を抱き締めたくなった。だが、なんとかこらえた。そんなことをしても、お吟を力づけられるはずもない。

代わりに懐に手を差し入れて、庄之助は一つの紙包みを取り出した。

「お吟、おまえにこれを預けておく」

庄之助はその紙包みをお吟に手渡した。

「恒五郎に飲ませてくれ」

もはやあの男を生かしておくわけにはいかない。今はこれ以上、公儀の目を引くわけにいかないのだ。

すでに、かわせみ屋のあるじに納まるという目的は達したのだ。恒五郎は用無しである。

「えっ」

瞠目してお吟が庄之助を見る。

「いやか」

しかし、お吟は一瞬の躊躇《ちゅうちょ》もなく首を縦に振った。

「わかりました。必ず飲ませます」

きらきらと瞳を光らせてお吟がいった。その顔を見て、美しいな、と庄之助は思った。我が妹ながら、恒五郎などに差し出したのが過ちだったように思えてきた。

――これだけの器量なら、きっといいところに嫁に行けたであろうに……。俺のせいで人並みの幸せを、おまえにはかなえてやれなかった。

「済まぬ」

お吟に向かって庄之助は頭を下げた。

「お兄さん、なにを謝るのですか」

驚いてお吟が庄之助の手に触れた。

「いや、俺の野望のために、おまえを巻き込んでしまった……」

「いえ、いいのですよ。もう後戻りはできないのですし……」

「後悔しておらぬか」

「していないといえば、嘘になります。でも、今はお兄さんの役に立ちたいという思いで一杯です」

「そうか。かたじけない」

「お兄さん、その言葉も禁句ですよ」

「ああ、そうであったな。だが、恒五郎も俺が武家だったということは、すでに気づいているのではないか」

「そうかもしれませんが、そのことを知っている者が少しでも少ないほうが、やはり都合がよいと思います」

「うむ、おまえのいう通りだ。これから気をつける」

「そうなさいませ」

面を上げ、お吟が庄之助をじっと見る。庄之助も黙って見返した。

――実の妹でなかったら、妻にしてもよかったくらいだ。

胸のうちで庄之助はそんなことを思った。

「よし、お吟、恒五郎のもとに戻れ」

「はい」

紙包みを手にするや、ためらうことなくお吟が身を翻した。それでも家に入る前に、いったん立ち止まり、庄之助を振り返って見た。まるで若い娘のように手を振ってきた。

その姿が幼い頃と変わらないことに思い至って、庄之助もつい手を振り返した。

にこりと笑ったお吟が勝手口の戸を開け、入っていった。

――ああ、行ってしまったか。

どういうわけか今日に限って庄之助は、いつまでも妹の姿を見ていたかった。

――よし、行くか。

枝折戸を抜けて庄之助は道を歩いた。辻の稲荷に回る。

殊勝《しゅしょう》な顔で公造が待っていた。庄之助を見ると、ぺこりと頭を下げてきた。

「行くぞ」

公造に声をかけて庄之助は道をずんずんと歩きはじめた。

歩きながら、今後のことを考える。歩いていると、いろいろと考えが浮かんでくることが多い。

足と頭とは、きっと密接な関係があるのではないのだろうか。

――俺には迷いはない。このまま突き進むだけだ。

改めてそんなことを考えながら、庄之助はかわせみ屋を目指して歩き続けた。

――おや。

尾行している者がいることに、庄之助は気づいた。

――またあらわれたか。

庄之助の後ろを、まるで刑場に行くかのような重い足取りで公造がついてきているが、むろん、それではない。

尾行している者が何者か、庄之助にはまだわかっていない。

なにが目的か、半月ばかり前から庄之助の後をつけはじめたのだ。

捕らえた上で、なにゆえつけているのかただしてみようと思い、何度か待ち構えたことがあったのだが、尾行者は意外なほど勘が鋭いらしく、すぐにこちらの意図を覚ってしまうようで、捕まえられなかった。

なかなか巧みな尾行の仕方や、一気に隠れ去ってみせる身ごなしからして、岡っ引や下っ引の類かもしれない。それもかなりの腕利きであるのはまちがいないだろう。

──なにゆえ、そのような手合いの者が俺をつけるのか。

先ほどの樺山という同心の手下ということは考えられるか。

──だが、樺山がかわせみ屋にやってきたのは、今日が初めてだ。

それ以前は、阿漕で知られるかわせみ屋のことは知っていたようだが、それでも大した関心は抱いていなかったように感じた。半月前から尾行者をつけるはずがない。

──それとも、かわせみ屋にうらみを抱いている者か。あるいは、かわせみ屋という読売屋の新たな主人となった俺のことを、公儀が調べようとしているのか。

そうかもしれない。公儀は、政道批判を繰り返す読売屋を目の敵《かたき》にしているからだ。

——もしくは、昔の俺のことを知っている者が近づいてきたのか。

さすがに自分の前身がばれたとは思えない。もし前身を知っている者ならば、つけるような真似はせず、すぐに接近を図ってくるのではないだろうか。

——近いうちに捕らえ、何者なのか、そして、なにゆえつけているのか吐かせてやる。

道を歩きつつ庄之助は決意した。

やがて、かわせみ屋の建物が庄之助の目に入った。

歩き進んだ庄之助は建物の前で足を止めた。背後に、公造がしおれたように立っている。

表の戸には、心張り棒が支《か》われている。庄之助は、どんどんどん、と三度叩いた。

すぐに臆病窓が開き、二つの目が庄之助を射貫くように見た。

「お帰りなさいませ」

臆病窓の男がいい、戸の心張り棒が外される音が小さく響いてきた。中から戸が開けられ、庄之助は行灯が灯されている土間に足を踏み入れた。公造がついてくる。

二人が土間に立つと、すぐに戸が閉められた。行灯の明かりが、土壁や柱をほんのりと照らし出す。

戸を閉めた男は為八《ためはち》といい、かわせみ屋の奉公人の中で、最も年かさの男である。為八が庄之助に頭を下げ、公造に目をやった。

「おっ」

驚いたような声を為八が漏らし、目をみはる。次いで庄之助を見、なにがあったか、すぐに覚ったような顔になった。

「為八」

顔を向け、庄之助は呼んだ。

「はい、なんでしょう」

「水戸吉、浜之助、里兵衛の三人を呼べ」

「わかりました」

すぐに、三人の男が為八に伴《ともな》われて土間にやってきた。

「そこに立て」

冷徹《れいてつ》な声で命じ、庄之助は三人を土間に並ばせた。

まず庄之助は、やや小太りの水戸吉の前に立ち、容赦なく豊かな頬を張った。ばしん、という音が響き渡り、水戸吉が後ろに吹っ飛んだ。柱に頭をぶつけ、座り込んだ姿勢で目を白黒させた。気絶はしていないが、土間に突っ伏している。

次に庄之助は、浜之助の頬に張り手をかました。大柄な浜之助はさすがに吹っ飛びはしなかったものの、顎をがくがくと上下させてから、その場に力なくくずおれた。苦痛の声を発しながら土間でうつぶせになり、動かなくなった。

最後は、長身で細身の里兵衛だった。すでに里兵衛は逃げ腰になっている。張り手がきたら、うまく顔を動かして庄之助の力を逃がしてやろうと考えているのは、その身構え方からわかった。

里兵衛の前に立った庄之助は、右手で張り手を見舞うような振りをして、左拳をかためて、里兵衛の腹に思い切り叩き込んだ。

まさか腹を打たれるとは夢にも思っていなかったらしく、里兵衛はまったくかわす素振りを見せなかった。うぅ、と息が詰まったようなうめき声を上げて、両膝を土間につく。腹を両手で押さえたまま横倒しになり、苦しげに身をよじりはじめた。

三人ともまだ土間に倒れ込んでいるが、庄之助は構わずに宣した。

「おまえたちは昨晩、米田屋のあるじを襲った。それは、ご隠居の命によるものだと聞いた。よいか、俺のあずかり知らぬところで人を闇討ちにするなど、次は決して許さぬ」

言葉を止め、庄之助は三人の目がこちらを向いているのを見た。

「あるじは俺だ。俺に断らずに勝手な真似をしたら、今度はこんなものでは済まさぬ。殺す。よく覚えておけ。決して脅しではないぞ。殺すといったら、俺は必ず殺す。もしそれがいやなら、とっととこの店を出ていけ。おまえたちは、俺に命じられたことだけをしていればよいのだ。わかったか」

がくがくと顎を震わせるようにして、三人の男がうなずく。三人の顔は、いずれも蒼白になっていた。

「よし、仕事に戻れ」

はっ、という声を残して、三人の男がよろけつつ目の前からいなくなった。

「為八、公造、おまえらも仕事に戻れ」

はっ、とかしこまって答えた二人が仕事場に向かう。

その姿が見えなくなった途端、庄之助は、刀を振りたいな、と心から願った。

無心になりたくてならない。

刀を振れば無心になれるのだ。今は平静さを取り戻したかった。

庄之助は、剣には自信がある。そういえば、と思った。

最近、御上覧試合というものが上野《うえの》の寛永寺《かんえいじ》で行われたと聞いた。

――もし俺が出ていたら、結果はどうだっただろうか。

そのことを、庄之助はどうしても考えてしまう。

もちろん、初戦で負けるかもしれない。だが、逆に優勝したかもしれない。

――俺は御上覧試合だろうとなんだろうと、優勝するにふさわしい腕前だ。

しかし、庄之助は御上覧試合には出られなかった。お呼びがかからなかったからだ。

それも当たり前だろう。今はもう、自分は無名の剣士でしかないのだ。

昔の庄之助のことを覚えている者など、ろくにいないだろう。

それは、今や動かしようのない事実なのだ。

そういえば、と庄之助は思い出した。かの秀士館の師範代で、駿州《すんしゅう》沼里《ぬまざと》の代表として出場した男がいたらしいと庄之助は聞いた。

沼里といえば、七万五千石の大名家の所領である。その大きいともいえない家の家臣が、驚いたことに、御上覧試合において二位になったらしい。最後は決勝で敗れたというが、そんな男が秀士館にはいるのだ。

──なんとも忌々《いまいま》しい。あの佐賀大左衛門が偉そうに館長におさまっている秀士館の師範代となれば、なおのこと、腹が立つ。

ぎりぎりと音を立てて、庄之助は奥歯を噛み締めた。

──大左衛門が憎々しければ、そやつも小憎らしい。その男を打ち倒したくてならぬ。

そうすれば、おのれが今も天下第一等《だいいっとう》の腕を誇っているのが証されるのだ。

──その者と、相まみえる日がやってこぬものか。

考えるまでもない。

──くるに決まっておろう。

すでに庄之助は確たる思いを抱いている。

二

おんぶしていた直太郎を、おんぶ紐《ひも》を外して直之進はおきくにそっと渡した。落とさないように注意深い手つきで、おきくが直太郎を受け取る。

おんぶの主が代わっても、直太郎は目を覚まさない。今もぐっすりと眠っている。

——よい子だな。

直太郎の頬に軽く触れてから、直之進は米田屋の店先に立った。昨日、琢ノ介が大怪我を負ったのだから、今日は暖簾はかかっていない。店の戸が開かないように心張《しんば》り棒を支《か》ってあるようだ。

それも当たり前だな、と直之進は思った。

——今度は、襲撃者が家の中に入ってこぬとも限らぬのだから。

戸を軽く叩いて、直之進は中に向かって声をかけた。

すぐに女の声で応えがあった。

「おれんちゃんだ」

少しだけ弾んだ声をおきくが発した。仲のよい双子の姉妹だけのことはあって、やはり久しぶりに会うのはうれしいのだろう。

すでに朝の五つを過ぎている。直之進としてはもう少し早く来たかったのだが、無断で道場を休むわけにはいかない上に、多忙な雄哲に面会を申し入れたりしていたら、思いのほか、時がかかってしまったのだ。

──こんなことなら、おきくを先にやっておけばよかった……。

今朝早く、琢ノ介の女房のおあきがやってきて、昨晩、琢ノ介が何者かに襲われたと知らせてきた。

直之進としては取るものも取りあえず駆けつけたかったが、やはりそういうわけにはいかなかった。

戸口の向こうで柔らかな人の気配が動くのを、直之進は感じた。

「直之進さんですか」

戸の向こう側からおれんがきいてきた。

「そうだ。おきくも一緒だ」

「いま開けますすね」

心張り棒が外される音がし、その直後、すんなりと戸が開いて、おれんが顔をのぞかせた。当たり前のことだが、おきくと瓜二つ《うりふた》である。

はじめのうち、直之進はほとんど二人の見分けがつかなかった。だが、今はだいぶちがいがわかるようになった。

「遅くなって済まぬ」

開口一番、直之進は謝った。

「いえ、いらしてくださっただけでも十分です」

「琢ノ介の具合は」

一応、おあきから麟堂という町医者の見解は聞いているが、今の琢ノ介の状態を直之進は知りたかった。

「よく眠っています。いつもはすごいいびきをかくのに、今は赤子のようにすやすやと穏やかな寝息を立てています」

「そうか、すやすやと眠っているのか」

「どうぞ、お入りになってください」

おれんの言葉に甘え、直之進たちは米田屋の土間に足を踏み入れた。戸を閉めたおれんが、すぐさま心張り棒を支った。

直之進たちは板敷きの間に上がり、廊下をそろそろと進んだ。台所のほうから、おあきと祥吉らしい声が聞こえてくる。なにか二人でつくっているのかもしれない。

――もしや琢ノ介に飲ませる薬湯《やくとう》だろうか。

甘いにおいがほのかに漂ってきているのに、直之進は気づいている。

「こちらです」

琢ノ介の寝所の襖《ふすま》を、おれんが静かに横に滑らせた。

部屋の真ん中に布団が敷かれ、その上に分厚い掻巻《かいまき》を着た琢ノ介が横になっていた。ただし、眠ってはおらず、目を開けてこちらを見ていた。

「なんだ、起きていたか」

直之進が声をかけると、琢ノ介が頰を引きつらせるように笑った。

「おぬしに起こされたんだ」

琢ノ介の声には意外な張りがあり、そのことに直之進は安堵の思いを抱いた。

「えっ、そうなのか」

畳を進んで、直之進は琢ノ介の枕元にそっと座った。直太郎をおんぶしているおきくが直之進の横に端座する。

「そうだ。直之進、おぬし、戸を乱暴に叩いただろう」

「いえ、そんなことはありません」

直之進の代わりに否定したのは、おれんである。

「直之進さんは、とても優しく戸を叩かれましたよ」

「いや、そんなことはあるまい。ひどくうるさかったぞ」

「おれんちゃんのいうように、俺は静かに戸を叩いたぞ。あれがうるさく聞こえたというのなら、もしやおぬし、悪い夢でも見ていたのではないか」

寝床に横になったまま琢ノ介が、むっという顔になった。

「悪夢か。そうかもしれん」

枕の上で首を動かし、琢ノ介が腹立たしげに表情をゆがめた。

「わしの耳に届いた音は、背中やら腰やら足やらを打ち続けた木刀の音だったのかもしれん」

「琢ノ介は相当、木刀で打たれたそうだな」

ああ、と琢ノ介がいった。

「麟堂先生によれば、二十回以上だそうだ。三人の男が入れ替わり立ち替わり、わしをびしびしと木刀で打っていったのだ」

それを聞いて、直之進は眉をひそめた。おきくは琢ノ介を悲しそうな目で見て、ひどい、とつぶやいた。

「まあ、だが麟堂先生も、七日ばかり安静にしていれば大丈夫でしょう、といってくれたからな」

そんなことを琢ノ介が平然といってのけたから、直之進は少なからず驚いた。

同様におきくもびっくりしたようだ。その弾みで、直太郎の首が少し揺れた。

おきくがあわてて直太郎をおんぶし直す。

琢ノ介を見つめ、直之進はいった。

「木刀で滅多打ちにされたら、死を覚悟してもおかしくないのに、たった七日、おとなしくしていれば治るというのか」

驚愕しながらも、そんなに早く治ると聞いて直之進は一安心した。

「どうやらそうらしい」

いかにもうれしそうに琢ノ介が答えた。

「やつらの腕が大したことがなかったというのも大きかったのだろうが、麟堂先生によれば、わしの体は鎧を着ているかのように強く、頭蓋骨は兜をかぶっているも同然に頑丈とのことだ」

「それはすごい。琢ノ介、うらやましいぞ」

「すごかろう、直之進」

自慢げに琢ノ介がいった。

「もっとも、わしは七日もおとなしくしているつもりはない。この程度の怪我など、三日で治してやる」

「琢ノ介、それはいくらなんでも無理だろう。木刀でやられた頭がよくなるのには、ちと時がかかるのではないか」

「確かに頭もやられたが、わしはなんともないのだ。こうして頭を振っても痛くない」

実際に琢ノ介が首を持ち上げて、頭を振ろうとしたから、直之進はあわてて止めた。

「琢ノ介、やめておけ。頭をやられたときは安静が一番だと雄哲先生がいっていたぞ」

「えっ、雄哲先生が……」

さすがに天下の名医だけあって、その言《げん》の効果はてきめんである。

「それに、琢ノ介が悪夢を見るというのは、頭を手ひどくやられたからではないのか」

「そうかもしれんが、わしはもう決めたのだ。雄哲先生が安静が一番だといおうと、意地でも三日で仕事に復帰してやる」

「いや、よしておけ。神さまが休みをくれたと思って、その麟堂先生がいう通り、七日は安静にしておけ。頭は怖いらしいぞ」

「頭は怖いだと。直之進、そうなのか」

こわごわという感じで琢ノ介がきいてきた。

「なんだ、頭の怖さを琢ノ介は知らなかったのか」

「ああ、知らなんだ」

「頭を打って、そのあと無理をした人が急死するということは、ままあることらしいぞ」

琢ノ介を脅すつもりはなく、直之進は淡々とした口調で述べた。

「急死だって……」

「そうだ。琢ノ介、急死したいか」

「馬鹿をいえ。急死したい者など、この世に一人もおらんだろう」

「だったら、琢ノ介、七日はおとなしくしていることだ。急死したら、大山の阿夫利神社に詣でた意味もなくなってしまうぞ」

うっ、と琢ノ介が詰まった。

なんのことです、というふうにおきくが直之進に顔を向けた。

「あ、ああ、直之進、よくわかったよ。七日のあいだ、できるだけおとなしくしていよう」

「それがよい」

ようやく琢ノ介を説得でき、直之進はほっとした。すぐに琢ノ介ににじり寄り、顔を近づける。

「それで琢ノ介、誰にやられたのだ」

最も知りたかったことを、直之進は問うた。

「滅多《めった》なことはいえんが……」

唇を少しなめて、琢ノ介が声をひそめた。

「かわせみ屋の者ではないかという気がする」

直之進をじっと見て、琢ノ介が答えた。

「かわせみ屋というのは」

「なんだ、直之進は知らんか。読売屋だ」

「では、琢ノ介は読売屋の者に襲われたというのか」

「むろん確証はない。だが昨日、このようなことがあったのだ」

出水屋であった強請の顚末を、琢ノ介がつまびらかに説明した。

「乾物問屋の出水屋なら、俺も知っている。いい品物を扱っていることで、よく知られた店だ。おきくと一緒に、乾物を買いに行ったこともあるぞ」

横でおきくがうなずいている。

「うむ、あの店の品物は確かだからな」

琢ノ介の言葉に、まったくだ、と直之進は受けた。

「それで、琢ノ介はその公造という男に逆うらみを受け、襲われたというのか」

「公造がじかにわしを襲ったわけではないと思う。あの男、武芸についてはからっきしだったからな」

「そうか」

「わしの推測だが、公造がことの次第をかわせみ屋の隠居の恒五郎に話し、怒った恒五郎が奉公人に命じてわしを襲わせたというのが、最も考えやすい。公造が出水屋を強請ったのも、恒五郎の命があったからかもしれん」

「隠居が襲撃を命じたというのか」

「そうだ」

唇をきゅっと引き締めて琢ノ介が首肯《しゅこう》する。

「かわせみ屋というのは、実に評判の悪い読売屋なのだ。すべて、隠居の恒五郎のせいだ。諸悪の根源は、恒五郎と見てまちがいない」

「琢ノ介、かわせみ屋の者が襲ってきたという確証はないといったな」

「ああ、ない。不意を打たれて、一人の顔も見ておらんからな」

そうか、と直之進はいった。

「かわせみ屋以外に襲われそうな心当たりはないのか」

「ああ、ない」

強い口調で琢ノ介がいった。

「富士太郎にもきかれて、考えてはみたのだが、そんな心当たりは一つもなかった」

「ならば、琢ノ介を襲ったのはかわせみ屋の者とみて、まちがいあるまい」

恒五郎と会ってみるか、と直之進は考えた。

「琢ノ介は恒五郎の隠居所がどこにあるか、知っているのか」

「直之進、行く気か」

「恒五郎に会い、じかにただしてみたい」

「そうか、あんな男に会いたいのか」

「その恒五郎という隠居は、刀にものをいわせれば吐くような男か」

「いや、阿漕なことばかりしてきた男だ。命を狙われたこともあるはずだ。修羅場はそれなりにくぐっているのではないか。おそらく刀で脅したところで、なにも吐かんだろう」

「そうか。しかし、別の手立てがあるかもしれぬ。琢ノ介、隠居所への道を教えてくれ」

「いや、それが隠居所がどこなのか、わしは知らんのだ」

「誰が知っている」

「富士太郎は知っているかもしれん。あと、かわせみ屋のあるじの庄之助も当然、知っておるだろう」

「あるじの庄之助か」

「庄之助というのは、かなりの人物に見えた。剣もかなり遣いそうだぞ」

「ほう、そうなのか」

顔を少し動かし、琢ノ介が直之進をしげしげと見る。

「直之進、庄之助とやり合いたいという顔に見えるぞ」

「ああ、立ち合ってみたい。俺はもっと強くなりたいからな」

「天下で第二位になっても、まだ強くなりたいのか。なんとも強欲《ごうよく》な男よな」

「せめて貪欲《どんよく》といってくれ」

「だが、庄之助も隠居所がどこか教えてくれぬかもしれぬぞ」

「そのときは、富士太郎さんを見つければいいことだ」

軽く咳払いして、直之進はおきくに向き直った。

「というわけだ。おきく、俺はかわせみ屋に行ってくるゆえ、ここで直太郎と一緒に待っていてくれるか」

「わかりました」

明るい声でおきくが答えた。

「感謝する」

「いえ、そんな必要はありません」

直之進をじっと見ておきくが断ずる。

「だってあなたさまは、義兄さんの仇を討つために今から働かれるのでしょう。その応援をするのは、女房として当たり前のことです」

「うれしいぞ」

直之進はおきくを抱き寄せ、口を吸いたかった。だが、ここは自分の家ではない。腹に力を入れて、その思いを押し殺した。

琢ノ介からかわせみ屋の場所を聞いた直之進は、おきくと直太郎を米田屋に置き、さっそく向かった。

琢ノ介を襲った下手人は富士太郎と珠吉が調べ上げ、いずれ引っ捕らえるだろうが、かわせみ屋という読売屋がどんなところなのか、直之進は一目、見ておきたかった。

それに、庄之助という男が気になって仕方がない。かわせみ屋の養子に入ったということだが、もともとは何者なのか。

もしかすると、自分に匹敵《ひってき》するかもしれない強さの男が、これまで無名ということはあり得るのか。

――あり得ぬことはない。

なにしろ、直之進自身がそうだったのだ。七万五千石の目立たぬ沼里の家中の者など、東海《とうかい》予選で負けるものだと、誰しもが思っていたはずなのだ。東海予選を勝ち抜いて本戦の御上覧試合に進んだときも、尾張《おわり》家の代表の新美《にいみ》謙之介《けんのすけ》に勝ったのは、まぐれだと思われていた。

米田屋を出て四半刻後、直之進は牛込原町に入った。

かわせみ屋が建つ場所は、すぐに知れた。牛込原町の通り沿いの家は、店がほとんどを占め、いずれも営業している中、ひっそりと戸を閉めているところなど、ほかになかったのである。

かわせみ屋を訪ねるために、直之進は大股に建物に近づいていった。だが、あと三間ばかり残したところで足を止めた。

なにやら巨大な気の塊《かたまり》のようなものが、かわせみ屋の中で動いたのを感じたからだ。

——これはなんだ。

近づきすぎてはいけないような気がし、直之進はかわせみ屋の前をそのまま行きすぎた。

五間ほど過ぎてから、かわせみ屋のほうを振り向いた。

かわせみ屋の戸がきしんだ音を立てて開き、一人のがっしりとした男がのそりと出てきた。

男は赤銅色の肌をしている。おっ、と直之進は目をみはった。

——あれこそが、庄之助という男なのではないか。

瞠目すべき遣い手であると、一目見て知れた。御上覧試合で直之進が戦った室谷半兵衛とやり合えば、相当の好勝負を繰り広げるのではないかとまで思わせる雰囲気を全身にたたえていた。

いや、もしかすると上かもしれない。

それほどの腕前を持つ男が、まだまだこの世にいるのだ。

もちろん、この世で最強の男が御上覧試合に出てきたとはさすがに思えなかった。当然のことながら、さらに強い男はどこかに必ずいるものと直之進は確信していたものの、まさかその一人にこんなに早く出会うことになるとは、夢にも思わなかった。

琢ノ介のいう通りで、近づきがたい威厳《いげん》がある。

庄之助とおぼしき男は、直之進とは反対の方向に一人で歩きはじめた。供らしい者はつけていない。

――ふむ、あの男、いったいどこに行こうというのか。

くるりと踵《きびす》を返して、直之進はあとをつけようとしてとどまった。もう一人、庄之助を尾行しはじめた者がいることに気づいたからだ。庄之助が前を通り過ぎるのを待って、一本の狭い路地からひょいと出てきたのだ。

その男は、庄之助と十間ほどの距離を置いてあとをつけはじめた。盗人のようにほっかむりをし、庄之助と歩調を合わせないように心がけているのがわかった。

――かなり尾行に慣れた者だな。

つける相手に歩調を合わせると、気づかれやすいと、直之進は前に誰かに聞いたことがある。

そうならないように、ほっかむりの男は気をつけているのだ。尾行の心得がある男としか思えない。

庄之助をつけている男は五十くらいだろうか。おそらく、と直之進は思った。

——岡っ引か下っ引にちがいあるまい。それも長年、今の仕事をしている者だな。

ほっかむりの男と五間ばかりを隔てて直之進もゆっくりと歩き出した。

足早に歩く庄之助は東へと向かっている。

半刻ほどたったか。浅草寺《せんそうじ》の近くまで来たが、そちらに向かわず、東本願寺《ひがしほんがんじ》のほうへと足を進めている。

庄之助の後ろについている男は、今は五間ほどに距離を縮めて尾行し続けている。

直之進は、その何者かと十間ばかりを隔てて、あとをつけていった。

——やはりこのほっかむりの男は、岡っ引だろうな。

全身から漂う雰囲気が、どうもそんな感じなのだ。

富士太郎は岡っ引を使っていないが、読売屋ということで、町奉行所が新しいあるじに目をつけたのかもしれない。読売は御政道批判《ごせいどうひはん》を繰り返すのが常なのだ。

——だが五間程度の距離を置いただけでは、あの庄之助という男に覚《さと》られぬはずがないと思うが……。

もしかすると、庄之助はとうに尾行者に気づいていて、わざと泳がすようにしているかもしれない。

つと庄之助が東本願寺から、今度は西に向かいはじめた。

——なんだ、これは。道は異なるが、方角としては戻ろうとしているようだな。

この動きの意味を直之進は考えた。尾行者の有無を、庄之助は知ろうとしているのではないか。そんな答えがすんなりと出た。

四半刻後、庄之助は寛永寺の近くまで来た。

広大な寺域を目の当たりにして、直之進の胸に懐かしさが満ちてきた。

この寺に特別にしつらえられた試合場で将軍が注視している中、木刀を手に力の限り戦ったのである。ぞくぞくと背筋が泡立つような戦いの連続だった。

——あんなことはもう二度とないだろうか。

そうかもしれない。そのことに関して、直之進は少し物足りないものを覚えた。

――また室谷半兵衛どのとやり合いたいな。

だいぶ人けが少なくなってきた道を歩きつつ、直之進はそんなことを思った。

――あるいは、その飢《かつ》えを庄之助という男が埋めてくれるかもしれぬ。

いや、どうだろうか。

つけているのを覚られたくはなく、直之進は今、ほっかむりの男と二十間ばかりの距離を空けている。ほっかむりの男も十五間以上はあいだを隔てていた。

――室谷半兵衛どのは、やはり無念だったのだろうな。

寛永寺のそばということもあるのか、またしても半兵衛のことが頭に浮かんできた。

半兵衛は、公儀による領地替えのせいで、かわいい家臣を解雇放逐しなければならなくなって気が触れた主君の仇《あだ》を討つという思いで、将軍の命を狙っていた。しかしながら、室谷にとって無念なことに、その目的は成就《じょうじゅ》しなかった。

――成就しなかった以上、半兵衛どのは成仏《じょうぶつ》せず、今も魂は寛永寺内を巡《めぐ》っているのかもしれぬ。

だから、庄之助という男をつけているこんなときに、半兵衛のことばかり考えるのではないだろうか。

寛永寺の末寺が連なる寺町に、庄之助は入った。途端に、あたりを行きかう人がいなくなった。

今その道を歩いているのは、ほっかむりの男と直之進だけだ。

先を行く庄之助が小さな寺の角を折れる一瞬前、軽く右手を上げた。

──なんだ、あれは。なんの意味があるのだろう。

小さく首をひねって直之進はいぶかしんだ。角を曲がりきった庄之助の姿が見えなくなった。

ほっかむりの男が少し急ぎ足になり、角を曲がっていく。

しかし、すぐにあわてたようにほっかむりの男が角から現れ、こちらに戻ってきた。

──いったいどうしたというのだ。あんなに泡を食って……。

ほっかむりの男を追いかけているらしく、頭巾をすっぽりとかぶった七、八人の侍が、ばらばらと角を曲がって走ってきた。

いずれも一本差だが、浪人には見えない。全員が袴《はかま》をしっかりと穿《は》いているのだ。刀は一人も抜いていない。

――なんだ、あいつらは。

庄之助をつけていたほっかむりの男は逃げ足も速かったが、侍たちはよく鍛《きた》えられているようで、足の速さは上だった。ほっかむりの男はあっという間に侍たちに取り囲まれた。

侍たちは、ほっかむりの男をかどわかそうとしているようだ。害しようという気はないように見える。

――角を曲がるとき庄之助が右手を上げたのは、尾行者を捕らえるようにという合図だったか。あの侍たちは、庄之助の仲間ということだな。

ほっかむりの男を見過ごすわけにはいかず、直之進はすぐさま地を蹴った。走りながら人数を数えてみると、ほっかむりの男に襲いかかった侍は八人いた。

――一人の男をかどわかすのに、八人とはまた大仰《おおぎょう》な……。

むっ、と直之進は、袖からのぞく侍たちの腕を見てうなった。

いずれの男も庄之助と同様、赤銅色の肌をしていたのだ。

――同じ町の仲間なのかな。生まれ育ったところが同じということか……。

そうとしか直之進には思えなかった。

「待てっ」

怒鳴《どな》りつけるようにいって、直之進は八人の頭巾の侍たちの中に躍り込もうとした。その前に、直之進に気づいて素早く抜刀した一人に、強烈な当身《あてみ》を食らわして地面に倒した。

その侍は手で地を掻いていたが、すぐに動きを止めた。気絶したようだ。

味方の一人があっさりとやられたことに驚いた一人が刀の柄《つか》に手を置いて、直之進を誰何《すいか》する。

「なにやつだ」

頭巾のせいでくぐもった声である。その侍を見返して、直之進はにやりとした。

「なに、通りがかりの者だ」

いい捨てて直之進は、頭巾の侍たちに囲まれているほっかむりの男に近づこうとした。

だが、すぐにざざっと土音をさせて、三人の侍が直之進の前に立ちはだかった。

「きさま、その男の仲間か」

真ん中の一人が、頭巾の口のところをふくらませて直之進にいった。

「いや、仲間というわけではない」

真ん中の侍に向かって、直之進は首を横に振ってみせた。

「そのほっかむりの男と面識があるわけでもなし、むろん名も知らぬ。だが、八人の頭巾の侍にかどわかされそうな、たった一人の男という図だからな。人として、見過ごすわけにはいかぬ」

「きさま、邪魔立てすると死ぬぞ」

ふっ、と直之進は薄く笑った。

「おぬしらに俺が殺せるものか」

「ならば、望み通りに斬り捨ててやる。死んでから、悔《く》いるなよ」

立ちはだかった三人のうち、右側にいる細身の侍が腰を落とすや直之進に斬りかかってきた。

直之進を間合に入れるや、細身の侍は一気に刀を落としてきた。かすかな風音が直之進の耳を打つ。

左に動くことで直之進はその斬撃をかわし、さっと相手の懐に飛び込むや、細身の侍の腹に拳を入れた。

　ずん、と鈍《にぶ》い手応えがあり、うっ、と細身の侍がうなった。腹を押さえてその場にくずおれそうになったが、なんとかこらえ、後ろに下がっていこうとする。

だが力尽きたように、その場にどすんと尻餅をついた。

　左側にいた固太《かたぶと》りの侍が、頭巾をかぶっているとは思えない鋭い気合とともに踏み込んできた。刀を下段から振り上げてくる。

　後ろに跳ね飛ぶことで、直之進はその斬撃を、あっさりとよけた。

　その動きにつけ込むようにして固太りの侍がさらに踏み込み、突きを繰り出してきた。

　だが、直之進の体勢はまったく崩れておらず、いきなりそんな大技が通用するはずもなかった。

　固太りの侍の小手に、大きな隙ができている。それを直之進は見逃さず、突きをかわすと同時に手刀《てがたな》で相手の小手を打った。

　びしっ、と音が立ち、固太りの侍が手から刀を離しかけた。間髪容れずに直之進は相手に近づき、拳で顎とおぼしきあたりを狙って打った。

　がしん、と鈍い音が響き、目を回したらしい固太りの侍がその場に倒れ込んだ。

二人の侍を倒したとはいえ、いまだに六人が残っている。

「まだやるか」

気迫を全身にたたえて、直之進は刀の柄に手を置いた。いつでも刀を引き抜けるように鯉口《こいぐち》を切る。

直之進は頭巾の侍たちの肩越しに、ほっかむりの男の姿を捜した。

だが、どこにも見当たらない。頭巾の侍たちが直之進に気を取られているあいだに、逃げ出したようだ。

肩幅が広く、がっちりした侍がずいと前に出てきた。頭巾からのぞく両眼が直之進をじっと見てくる。

「俺が相手をしよう」

この八人の中では、最も腕の立つ侍であるのはまちがいない。声の質からして、おそらく歳は三十くらいか。直之進より少し下ではないだろうか。

「ほっかむりの男は、もう逃げ去ったぞ。もはや、やり合う意味はないのではないか」

「臆《おく》したのか」

肩幅が広い侍にいわれ、直之進は苦笑した。

「俺が臆するわけがない。おぬしは相当の腕をしているようだが、それでも俺のほうがおぬしより強いな」

「きさまが俺より上だと……」

いかにも意外そうに肩幅の広い侍がいった。

「ああ、俺のほうが強い。それはおぬしもわかっているのではないか」

「勝負は、やってみなければわからぬ」

力んだように肩幅の広い侍がいった。

「いや、百回立ち合っても、おぬしは俺には勝てぬ。ただ、それほどの腕の開きはない。要は、どれだけ真剣での戦いの場数を踏んでいるかだな。俺のほうがはるかに多いのは疑いようがない」

「俺が、真剣での場数を踏んでおらぬというのか」

ふむ、と直之進は肩幅の広い侍をじっと見ていった。

「どうやら、何度かは踏んでいるのかもしれぬな。だが、残念ながら、生きるか死ぬかの修羅場をくぐっているようには見えぬ」

「なにゆえそんなことがいえるのだ」

「なに、簡単なことだ」

直之進は刀から外した右手で、自らの首筋に触れた。

「おぬしのこのあたりの筋が少し引きつっているからだ」

「筋が引きつっていると、なにがわかるというのだ」

「首の筋が引きつるのは真剣にあまり慣れておらず、緊張しているからだろう。どうだ、ちがうかな」

驚いたように、肩幅の広い侍が自らの首筋に触れてみる。

「どうだ、引きつっているだろう。筋がこりこりにかたくなっておらぬか」

くっ、と肩幅の広い侍が奥歯を嚙み締めたのが直之進にはわかった。

直之進と肩幅の広い侍が話しているあいだに、地面に倒れていたり、尻餅をついていたりした三人の侍がよろよろと立ち上がり、仲間たちの列に戻った。

それを見て肩幅の広い男が安堵の目つきになり、さっと右手を振った。

その合図に応じて、他の七人の侍が素早く後ろに引きはじめた。

その動きには規律があり、一糸《いっし》乱れぬという感じがした。全員がよく鍛錬されているのはまちがいなく、こいつらはいったい何者だろう、と直之進に思わせるに十分だった。

後ろに引いていく八人の侍のあとを、直之進に追う気はなかった。

――今日のところはこれでよい。

もしあとを追いかけたりすれば、八人の侍たちが命を捨てる覚悟で、直之進と戦うであろうことが、伝わってきたからだ。

――今日、初めて会った者たちを手にかける謂われはないからな。

無事にほっかむりの男が逃げたことで、直之進としては目的を達したことになる。

――それにしても。

同じ色の肌からして、今の侍たちは庄之助の仲間ということでまちがいあるまい。

いったい庄之助とは何者なのか。どこで生まれ育てば、あんな色の肌になるものなのか。

海の近くで、しかもかなり暑いところではないか。

なんとしても庄之助の正体を暴《あば》きたいという気に直之進はなった。

庄之助をつけていたほっかむりの男も、もしかすると、同じ思いでいるのかもしれない。

三

階段を上るにつれ、線香のにおいが強くなってきた。

後ろを振り返り、庄之助は眼下に広がる寺町の景色を眺めた。

誰も、庄之助のあとをつけてきている者はいないようだ。

——兵庫《ひょうご》たちは首尾《しゅび》よく捕らえただろうか。

八人の腕利きの侍が、たった一人の岡っ引風情の男に襲いかかったのだ。逃がすはずがない。

階段を上りきると、そこには山門が建っていた。門の中央に掲げられた扁額には『仏悟山《ぶつごさん》　桜源院《おうげんいん》』と記されていた。庄之助は一礼して前に進んだ。

門の両側には、阿吽《あうん》の二体の仁王像が立ち、怒ったような目で、庄之助をにらみつけてきている。

——このあいだ来たときは、もう少し優しげな目をしていたように思うのだが……。

やはり、鉄砲洲で呉太郎を殺したことが仁王の癇《かん》に障《さわ》ったのだろうか。

——だが、あれは仕方なかったのだ。呉太郎の口を封じておかぬと、俺の大望はうつつのものにできぬ。それだけははっきりしていたのだから……。

山門をくぐり抜けた庄之助は桜源院の境内に足を踏み入れた。さらに濃くなった線香のにおいが、まるで自分の体に巻きつくかのようだ。

線香のにおいは葬式を思わせるにおいだな、と庄之助は思った。葬儀といえば、もうじき恒五郎の葬儀を営むことになるはずだ。

——お吟は、恒五郎にもう薬を飲ませただろうか。

まだかもしれない。お吟は心が優しすぎるゆえ、いくら庄之助の頼みだといっても、世話になった恒五郎の命を奪うのに、ためらいが生まれるにちがいないのである。

さほど広いとはいえない境内を歩き進んだ庄之助は、庫裡《くり》の前に立った。ここでも頭を下げてから玄関に入った。

「頼もう」

よく響く声で庄之助は訪いを入れた。

すぐに男の声で応えがあった。右側の板戸が開き、そこから廊下を滑るようにして一人の僧侶がやってきた。

「おう、庄之助、よく来たな」

笑顔で僧侶が出迎えてくれた。

沢勢《たくせい》和尚、相変わらず脂ぎっておるな」

「当たり前だ。いつも肉ばかり食ろうておるからな」

「相変わらずの殺生《せっしょう》坊主《ぼうず》だな」

「肉はとにかくうまい。やめられぬ」

「まあ、そうだろうな」

「肉は体にもよいような気がする。食べると、気力が湧いてくるゆえ」

「ほう、そういうものか」

「なんといっても、獣の命をいただいているわけだからな。その分、自分のほうに生命そのものが移ってくるのかもしれぬ。——それで庄之助、今日も座禅に来たのか」

「うむ、そうだ」

桜源院は曹洞宗《そうとうしゅう》の寺である。禅宗《ぜんしゅう》の寺だから座禅が組める。

「どこでやる。いつものように本堂がよいか」

うむ、と庄之助はうなずいた。

「本堂が広々として、やはり気持ちよいな」

「ならば、まいろう」

雪駄を履いた沢勢の先導で庄之助は、庫裡の右側に建つ本堂に上がった。

本尊の前に座し、さっそく座禅を組んだ。

「庄之助、どのくらいやるつもりだ。この前は一刻ばかりだったが……」

沢勢にきかれて、そうさな、と庄之助はいった。

「今日は長くて四半刻くらいかな。兵庫たちがじきやってくるはずだ」

「ああ、そうなのか。兵庫どのらが……」

「沢勢和尚、ではじめてよいか」

「ああ、やってくれ。兵庫どのたちが来たら、座禅を終えるのだな」

「うむ、そういうことだ」

「わかった。では拙僧《せっそう》は庫裡に戻るぞ」

「沢勢和尚――」

僧衣を翻して歩き出した沢勢を、庄之助は呼び止めた。

「なんだ」

「おぬしには前にもいったが、俺は伊吹屋《いぶきや》の遺志を継ぐつもりだ。そのことを俺はいま改めて誓う」

「うむ、伊吹屋もおぬしのその言葉を聞いて、きっと喜んでいるにちがいない」

伊吹屋のあるじだった千之助《せんのすけ》が、小伝馬町《こでんまちょう》の牢屋敷で密殺されたのは疑いようがない。何者かに口封じされ、千之助は無念の死を遂《と》げたのである。

千之助は、庄之助や沢勢と同じ志の持ち主だった。沢勢は、庄之助と同じ寺で幼い頃、ともに学んだ仲である。

今の世は、まったくもって理不尽としかいいようがない。将軍とその配下の大名、侍、さらに武家にべったりの商家のためにあるような世の中である。

庄之助は、なんとしても世直しをしたいと考えている。今のままでは、町人や百姓たちは苦しむばかりなのだ。

その上、公儀はなにかあると倹約という言葉を題目のように好んで使う。だが、倹約だけで世の中を立て直せるはずがないのだ。倹約のみでは、民はますます貧しくなっていくだけである。

民が富んでこそ国も富むのだ。それには景気をよくしなければならない。金が回れば景気がよくなり、民は幸せになれるはずなのだ。

庄之助は、なんとしても民が安楽に暮らせる世にしたいと切に願っているのである。

「俺はそんな世をうつつにするために、先陣を切ってみせる」

沢勢を見つめて、庄之助は力強くいった。

「拙僧も及ばずながら、力を貸そう」

深くうなずいて沢勢が助力を申し出る。

「おぬしが力を貸してくれるのなら、千人の味方を得た思いだ」

「さすがに千人力というほどの力はないが、とにかく拙僧はおぬしの味方だ。決して裏切るような真似はせぬ」

「かたじけない。深く感謝する」

「感謝などいらぬ。では拙僧は戻るぞ」

うむ、と庄之助はいった。目を閉じ、すぐに瞑想《めいそう》をはじめた。

だが、四半刻もたたないうちに兵庫たちがやってきたのが気配から知れた。うまく瞑想ができ、心が集中しはじめたときだっただけに残念だったが、庄之助は即座に座禅を終え、回廊《かいろう》に出た。

清澄《せいちょう》な風が吹き渡って、とても気持ちがよい。

「ああ、そちらでしたか」

庄之助を目ざとく見つけた兵庫が、小走りに近づいてきた。他の七人の配下たちが兵庫のあとに続く。八人とも庄之助と同じ赤銅色の肌をしている。

境内に入ってきたのは八人の侍だけで、庄之助をつけていたとおぼしき男の姿はない。おかしいな、と思いつつ庄之助は回廊の階段に腰を下ろした。

「兵庫、俺を尾行していた者を捕らえたか」

「いえ、逃《に》がしました」

申し訳なさそうに高田《たかだ》兵庫が答えた。

考えもしなかったことだ。どういうことだ、と庄之助は眉根を寄せた。

「おぬしほどの腕前の男が、あの岡っ引のような男を逃がしたというのか」

はっ、といって兵庫が目を伏せる。

「なにがあった」

穏やかな口調で庄之助は兵庫にきいた。逃がしたからといって、責めるつもりは毛頭ないのだ。

「それが……」

重い口を開くようにして、兵庫が岡っ引らしい男を逃《のが》したわけを説明した。

「ほう」

聞き終えて庄之助は一つ息を漏らした。

「そんなにすごい遣い手が邪魔に入ったというのか」

「はっ、その通りです」

「兵庫、その遣い手に見覚えは」

「いえ、ありませぬ」

庄之助は他の七人の配下に目を当てた。七人ともすぐにかぶりを振った。

――ふむ、一人として知らぬのか。

いったい何者だろう、と庄之助は思った。

「邪魔立てした遣い手は岡っ引らしい男のことを知らぬといったそうだが、それが本当のことかどうかわからぬ。二人は組んで俺をつけていたのかもしれぬ」

「二人は公儀の犬でしょうか」

庄之助に強い眼差しを注いで、兵庫が鋭い口調でいった。

「そうかもしれぬ。おぬしらと戦ったのは、公儀の犬を護衛していた用心棒かもしれぬ」

「なるほど」

納得したような声を兵庫が上げた。

「それほどの手練《てだれ》を用心棒につけておるなど、俺をつけていた岡っ引らしい男は意外な大物かもしれぬ」

なんとしても捕らえなければならぬ、と庄之助は決意した。

——その上で、何者か吐かせなければならぬぞ。

「兵庫——」

面を上げ、庄之助は自分の右腕というべき男を呼んだ。

「その公儀の犬を捕らえ、ここに連れてくるのだ。今日、俺をつけてきた以上、かわせみ屋のそばで張り込んでいるのはまちがいない。なかなか勘の鋭い男のようだが、うまくやれば捕らえられよう」

「用心棒はどういたしましょう」

「用心棒にはかまうな。いくら二人で組んでいるといっても、常に一緒というわけにはいくまい。用心棒が厠に行くときもあろう。そのような時を逃さなければ、必ずや捕らえることができよう」

「承知しました。必ず引っ捕らえてみせます」

力強くいって兵庫が深く頭を下げた。

四

　そろそろ寝《しん》に就こうかと思い、文机の上の書を閉じようとしたとき、妻の智代が寝所の襖《ふすま》を開けた。

「あなたさま」

　少し驚いて富士太郎は智代を見つめた。

「どうかしたのかい」

「お客さまです」

「えっ、こんな刻限にかい。いったい誰が来たんだい」

　まさかなにか事件が起きたのではあるまいな、と富士太郎は思った。事件が起きたことを伝える使者ではないか。それがこんな深更《しんこう》の客としては、いちばん考えやすい。

「伊助《いすけ》さんと名乗っていらっしゃいますが」

「伊助だって……」

　聞いたことのない名である。

「なんでも金之丞さんの使いだとか」

「金之丞の……。よし、会うよ」

書を閉じ、すっくと立ち上がった富士太郎は寝間着《ねまき》のまま寝所を出て、玄関に向かった。廊下を歩きつつ、いま何刻だろう、と富士太郎は考えた。

多分、四つは過ぎているはずだ。この刻限ならば、深更といっても差し支えないのではないか。

玄関に伊助らしい男はいなかった。富士太郎は玄関から外に出て、提灯をつけたまま門のそばにたたずむ男に声をかけた。

「伊助かい」

「はい、さようです。金之丞親分の下っ引をしている者です」

そうかい、と富士太郎はいった。伊助はひょろりとしており、かなり若い。歳は富士太郎よりも下ではないか。

「おまえさん、金之丞の使いと聞いたけど、まちがいないかい」

「はい、まちがいありません」

「金之丞はなにをおいらに伝えたいんだい」

「明日の朝の五つ、南の御番所の大門前でお目にかかりたいとのことです」

「明日の朝、五つに大門の前に行けばいいんだね」

「はい、おっしゃる通りです」

「わかったよ。大門で五つに待っていると、金之丞に伝えておくれ」

「承知しました。ではこれで手前は失礼いたします」

丁寧に辞儀して伊助が道を戻っていく。

——こんな言伝《ことづて》をしてくるだなんて、きっと金之丞は庄之助のことでなにかをつかんだんだね。いったいどんなことをつかんだのだろう。

富士太郎は胸が躍るのを感じた。早く明日がくればよいのに、と思った。


明くる日の朝、富士太郎は南町奉行所の大門前に珠吉とともに立った。

二人で金之丞が来るのをじっと待った。

しかし朝の五つを過ぎても金之丞は姿を見せなかった。

「おかしいね、来ないね」

あたりを行きかう人の顔をじっと眺めながら、富士太郎は首をひねった。

「刻限は五つで合っているはずなんだ。伊助という下っ引にちゃんと確かめたからね」

「その伊助という下っ引が、旦那に伝える刻限をまちがえたのかもしれないですよ」

「そのことは確かに考えられないわけじゃないけど、伊助っていう男は、けっこうしっかりしている感じだったよ。刻限をまちがえて伝えるようには見えなかったね」

「さいですかい。旦那がそういうんなら、伊助という下っ引はまちがえていないんでしょうね」

いいながら珠吉が案じ顔になる。

「まさか金之丞さんの身になにかあったんじゃないでしょうね」

「おいらもそのことを考えていたんだよ」

富士太郎の心に、黒雲がじわじわと広がっていく。

珠吉、と富士太郎は呼びかけた。

「いま何刻かな」

「五つ半は回ったんじゃありませんかい」

「よし、行こう」

「えっ、どこへですかい」

「決まっているよ。金之丞の家だよ」

「金之丞さんの家がどこか、旦那は知っているんですかい」

「行ったことはないけど、牛込原町あたりできけば、きっとわかると思うよ」

珠吉に告げて富士太郎は歩き出した。


半刻ほどで牛込原町に着いた。

富士太郎は自身番に入り、金之丞の家を知っている者がいないか、たずねた。

知っている者が一人いた。自身番付きの小者だった。

「金之丞さんの女房のおかつさんが、白銀町《しろがねちょう》で馬野美《まのび》という小料理屋を営んでいるんですよ。金之丞親分は、おかつさんと一緒にそこで暮らしているはずですよ。あっしはたまに馬野美に行くので、そのあたりの事情を知っているんですがね……」

「馬野美は白銀町にあるんだね」

確認するように富士太郎は小者にきいた。

「ええ、そうです」

ありがとうね、と礼をいって自身番をあとにした富士太郎と珠吉は白銀町に向かった。

馬野美という小料理屋はすぐにわかった。二階建ての家で、下が店で上が住居というつくりだった。

馬野美はまだ開いていなかった。昼食を食べる者たちを相手に昼から店は開くらしく、中で人が立ち働く気配がしている。

富士太郎は、暖簾のかかっていない戸口に立ち、訪いを入れた。

「あの、お昼からなんですが」

障子戸が開き、少し疲れたような女が顔をのぞかせた。黒羽織から富士太郎が町方の役人であることを知って、あっ、と女が声を漏らした。

「これはお役人」

女が丁寧に頭を下げてきた。

「おまえさん、おかつさんだね」

「は、はい、さようです」

「おかつさん、金之丞はいるかい」

「いえ、おりません」

おかつが首を横に振った。

「ああ、そうなのかい」

富士太郎は自分の顎をなでた。さすがに金之丞のことが案じられる。

——あんなにいったのに、まさか無理をしたんじゃないだろうね。

「今どこにいるのかな」

「さあ、昨夜《ゆうべ》は伊助のところには言伝をしに立ち寄ったようですが、それっきりどこに行ったやら」

「最後に金之丞に会ったのはいつだい」

息を吸い込んで気持ちを少し落ち着けた富士太郎は、おかつにきいた。

「ええと、昨日の朝です」

「昨日の朝、金之丞は出かけたんだね」

「はい、それっきりです。うちの亭主はここ半月ばかり、ほとんどこの家に寄りつきませんでした。どうやら張り込みをしていたみたいです……」

庄之助のことを怪しんでいた金之丞は、かわせみ屋に張りついていたのだろう。

「一晩、家を留守にするのは金之丞にはよくあることなのかい」

「ええ、そんなに珍しいことではありません。二晩、帰らないことも時折《ときおり》ありました」

そうなのかい、と富士太郎はいった。

「おや――」

店の中にいる男に目をとめ、富士太郎は声を発した。

「あれは、下っ引の伊助だね」

伊助はなにか洗い物をしているようだ。

「はい、さようです。いつも店の手伝いをしてくれるんですよ。働き者で、とても助かっています」

「伊助に会わせてくれるかい」

「はい、もちろんです。どうぞ、お入りになってください」

おかつが富士太郎たちを、快く店の中に入れてくれた。

「あっ、これは樺山の旦那」

富士太郎に気づいて伊助が頭を下げてきた。

「昨晩は遅くに失礼しました」

「いや、そんなのはどうでもいいことだよ。事件が起きれば、おいらたちはいつでもすぐに出動しなければならないからね。時刻なんてまるで関係ないんだ」

「はい、よくわかりました」

背筋を伸ばして伊助が答えた。

「あの、樺山の旦那、もしかして親分に会ってないんですか」

「うん、そうなんだよ」

「えっ」

心配そうに絶句する伊助をじっと見て、富士太郎は少し間を置いた。

「ところで伊助、昨夜の金之丞の言伝は、じかに金之丞に会って預かったのかい」

「はい、会いました」

「ここに来たのかい」

勢い込んで富士太郎はたずねた。

「馬野美はいつも夜の五つに終わるのです。それで最後にあっしがやることは、裏にごみを捨てに行くことなんです。昨夜もごみを捨てに行ったのですが、そこに親分がいらっしゃったんですよ」

「そのときに、言伝を預かったのか」

「さようです」

「おいらになにを伝える気だったのか、金之丞は昨夜なにかいっていなかったかい」

「いえ、ほかにはなにもおっしゃいませんでした。ただ、明日の朝五つに南町奉行所の大門前に樺山の旦那にいらっしゃるように伝えるんだ、とおっしゃっただけです」

「言伝をおまえさんに預けたあと、金之丞はどうしたんだい」

「すぐにいなくなりました」

「どこに行くつもりか、いっていたかい」

「いえ、なにもおっしゃいませんでした」

そうか、と富士太郎はいって考えた。

——多分、かわせみ屋に行ったんじゃないのかな。きっとそうだよ。

となると、と考えて富士太郎はすぐに顔をしかめた。

——かわせみ屋の者に害されたことにならないかい。いや、今はそんなことを考えちゃいけないよ。本当のことになったら、どうするんだい。

「おかつさん」

目を転じて富士太郎はおかつを呼んだ。

「はい、なんでしょう」

「おかつさんには、金之丞の行方について心当たりはあるかい」

富士太郎にきかれて、おかつが考え込む。すぐに顔を上げ、富士太郎を力ない目で見た。

「いえ、私には心当たりはありません」

さすがにおかつは、金之丞のことが心配でたまらないという顔つきになっている。

「案じずともいいよ」

富士太郎としては、なんとかしておかつを安心させたかった。

「いいかい。必ず金之丞は無事でいるからね。吉報を待っていておくれ」

「は、はい。どうか、よろしくお願いいたします」

すがるようにいって、おかつが深く頭を下げてきた。

「伊助、おまえには金之丞の行方について心当たりはないかい」

「いま一所懸命に考えてみたんですが、あっしにはありません」

済まなそうに伊助がいった。

「そうかい」

金之丞の行方について、これ以上ここで得られるものがあるようには思えなかった。富士太郎はおかつと伊助に手間を取らせた詫《わ》びをいい、馬野美を出た。富士太郎のあとから出た珠吉が、障子戸をそっと閉めた。敷居際に立っていたおかつの顔がゆっくりと消えていった。

「旦那、これからどうしますかい」

顔を上げて珠吉がきいてきた。

「かわせみ屋に行ってみるしかないだろうね」

「ええ、さいですね。あっしもそう思っていました。金之丞さんは、かわせみ屋の近くでもしかすると、いまだに張り込んでいるかもしれませんものね」

「その通りだよ」

あまり当てにはできないのはわかっていたものの、富士太郎たちは牛込原町にあるかわせみ屋の前に足を運んだ。

案の定というべきか、付近のどこにも張り込んでいる金之丞の姿はなかった。

「ふーむ、いないね」

端からあまり期待はしていなかったが、やはり富士太郎は落胆せざるを得なかった。

「ええ、いませんね。金之丞さん、もしやかわせみ屋の者に、なにかされたんじゃありませんかね」

そのことがやはり一番に考えられるね、と富士太郎は思った。いや、それしか考えられない。

昨夜、伊助に言伝をした金之丞はこのあたりに戻ってきて再び張り込みをはじめた。しかし、隙を突かれて庄之助たちにかどわかされたのではないか。

――なぜ庄之助たちは金之丞をかどわかさなければ、ならなかったのか。

それは庄之助について、金之丞がなにかをつかんだからではないか。金之丞は庄之助の急所ともいうべきものを手に入れ、そのことに気づいた庄之助が、口封じの意味も込めてかどわかしたのではないだろうか。

もし仮に庄之助たちにかどわかされたとして、金之丞は今も生きているのか。

富士太郎としては、生きていると信じたい。

だが、岡っ引の一人や二人、この世から消すくらい、なんでもないことだという雰囲気を、庄之助という男は全身にたたえていた。我が道を突き進むのに邪魔立てする者は、ことごとく排除していくことを、まったく厭《いと》いそうにない男である。

金之丞は、いったい庄之助のなにをつかんだのか。富士太郎は考えた。だが、答えが出るはずがない。庄之助の痾に障るなにかをつかんだのは、まちがいない。

とにかく今すべきことは一つしかないのではないか、と富士太郎は考えた。かわせみ屋を家捜《やさが》しすることである。

金之丞がかわせみ屋に監禁されているかどうか、その見込みは万に一つほどだろうが、富士太郎としては、確かめないわけにはいかない。

「珠吉、かわせみ屋に乗り込むよ」

強い口調で富士太郎はいった。

「旦那、家捜しをするんですね」

すぐさまは珠吉が言葉を返してきた。

「その通りだよ。金之丞がいるかどうか、確かめなきゃいけないからね。よし、珠吉、行くよ」

「わかりました」

今日もかわせみ屋の戸は、がっちりと閉まったままだ。臆病窓の前に立ち、富士太郎は訪いを入れた。

中から応えがあり、臆病窓が開いた。二つの瞳が、富士太郎たちを油断なく見る。

今日、臆病窓からのぞいているのは、庄之助ではないようだ。

「庄之助はいるかい」

臆病窓の向こうにいる男に、富士太郎はたずねた。

「お役人、うちの主人にどんなご用件ですか」

「先に、庄之助がいるのかいないのか、答えてくれないかい」

「ええ、おります」

「庄之助に会わせてくれるかい。用件は庄之助にじかにいうよ」

「はい、わかりました。しばらくお待ちください」

臆病窓がぱたりと閉じられ、二つの目が見えなくなった。すぐに戸が開き、富士太郎たちは請《しょう》じ入れられた。

「どうぞ、お入りください」

「ありがとね」

礼をいって、富士太郎と珠吉はかわせみ屋の土間に入り込んだ。

「こちらにどうぞ」

歳がけっこういった奉公人に案内されて、富士太郎たちはこのあいだ庄之助に会った客間に再び案内された。

待つほどもなく、庄之助が顔を見せた。

「お待たせしました」

深く頭を下げて、庄之助が富士太郎の向かいに座した。

この前も富士太郎は感じたが、やはり異様な迫力を持つ男である。

――まるで山が動いているような……。

「さっそくですが、樺山の旦那、どういうご用件でいらしたのでしょうか」

背筋をすっと伸ばした庄之助が、富士太郎に水を向けてきた。

「人捜しに来たんだよ」

「ほう、樺山の旦那の尋ね人がうちにいるのですか」

「いるかもしれない。いないかもしれない」

「はあ、さようですか」

「それで庄之助、ちょっと頼みがあるんだ」

「はい、なんなりとどうぞ」

「じゃあいうよ。この家を家捜しさせてほしいんだ」

眉間にしわを盛り上がらせ、たちまち庄之助がいぶかしげな顔になった。

「どういうことでしょう」

「庄之助、金之丞という岡っ引がこの家にいないかい」

庄之助の顔をじっと見て富士太郎はきいた。

「金之丞、ですか。いえ、おりませんが」

きっぱりとした声音で庄之助が答えた。

「本当かい」

「そんなことで嘘をついても、しようがありませんよ」

「ならば、もう一度きくけど、この家を家捜ししてもいいかい」

「ええ、別に構いませんよ」

今度はあっさりと庄之助が許しを出した。

「じゃあ庄之助、その言葉に甘えさせてもらうよ。今からでいいかい」

「どうぞ。ご存分になさってください」

まるで動じていない顔で庄之助がいった。

「ありがとね」

立ち上がった富士太郎は珠吉とともに、あまり広いともいえない家の中をくまなく調べはじめた。

かわせみ屋の奉公人たちが、冷ややかな目で富士太郎たちを見ている。

半刻後、富士太郎たちの家捜しは終わったが、やはりというべきなのか、どこにも金之丞の姿はなかった。

——くそう、空振りか。

唇を嚙み締めそうになったが、そばに庄之助がいることを見て取った富士太郎は平然とした顔をつくった。

「庄之助、邪魔したね」

珠吉を促し、富士太郎は外に出た。

「金之丞さん、いませんでしたね」

「庄之助たちにかどわかされたとしたら、どこかよそに監禁されているんだろうね」

「それはどこでしょうね」

必死に頭を巡らせたが、富士太郎には見当がつかなかった。

「わからないね」

「あっしもです」

ふむう、と富士太郎はうなった。

——どうすればいいんだろう。

焦りが背筋を走り抜けていく。

——早く金之丞を助け出さないと、殺されてしまうよ。

それでも、落ち着かなければ、よい思案は浮かびそうにないことを富士太郎は知っている。

珠吉、と呼びかける。

「なんですかい」

「考えてみれば、おいらたちは庄之助のことをなにも知らないね」

「ああ、そうですね」

「なにも知らないのに、金之丞が監禁されている場所の見当がつくはずがないよ」

「それはそうですね」

顔を上げ、珠吉がじっと見てきた。

「では旦那、牛込原町の町名主《まちなぬし》のところにでも行きますかい」

「それがいいよ」

強い声で富士太郎はいった。

「まずは町名主の家で、庄之助が記載されている人別帳を見せてもらうんだよ」

さっそく富士太郎と珠吉は、牛込原町の町名主の家に赴いた。

町名主は富兵衛《とみべえ》といい、ふくよかな顔をした四十《しじゅう》男《おとこ》である。富兵衛は快く富士太郎たちの願いを聞き届けてくれ、牛込原町の人別帳を客間に持ってきた。

「どうぞ、ゆっくりとご覧になってください」

「ありがとね」

富兵衛に礼をいって富士太郎は人別帳《にんべつちょう》を繰《く》り、庄之助の項《こう》を見た。

「富兵衛さんは、庄之助という男の人となりを知っているのかい」

庄之助の記載に目を落としながら、富士太郎は富兵衛にたずねた。

「いえ、手前は庄之助さんのことは、ほとんど知りません。もちろん何度も話をしたことがありますが、庄之助さん、てんでご自分のことを話そうとしないものですから」

——やはり前身を隠そうとしているのではないのかな。

富兵衛の話を聞いて、富士太郎はそんな感触を抱いた。

「旦那、それで庄之助の人別帳はどうなっていますかい」

うん、と富士太郎は珠吉に向かって顎を引いた。

「こいつは至極当たり前のことだろうけど、人別送りはちゃんとされているね。かわせみ屋の跡取りとして、庄之助の名はしっかりと人別帳にあるよ」

「ああ、さいですかい」

人別帳に目を当てながら、珠吉が相づちを打つ。

「かわせみ屋に養子に入る前は、どこにいたんですかい」

「萬来堂《ばんらいどう》という薬種問屋《やくしゅどんや》で奉公人として働いていたようだね」

「えっ、薬種問屋ですかい」

意外千万《いがいせんばん》だという声を、珠吉が上げた。富士太郎も同感である。

——こいつは思いがけないことだったね。

「珠吉、萬来堂という名は、おいらは聞いたことがあるよ」

「あっしも知っていますよ」

富士太郎を見て、珠吉が確信のある声音でいった。

「萬来堂といえば、龍門桂銀散《りゅうもんけいぎんさん》という風邪薬で知られている薬種問屋ですよ」

「ああ、龍門桂銀散は萬来堂だったか。それなら、おいらもよく知っているよ。あれは、風邪によく効くんだ。我が家の常備薬だよ」

「ええ、あっしや女房も風邪を引いたら必ず飲むようにしていますよ。うちに来る薬売りは、必ず薬箱に龍門桂銀散を補充していきますものね」

「萬来堂さんは――」

それまで黙って富士太郎たちの向かいに座っていた富兵衛が、唐突な感じで口を開いた。

「確か龍門桂銀散を売り出す前は、鳴かず飛ばずの薬種問屋だったはずですよ」

「えっ、そうなのかい」

そのことは初耳で、富士太郎は少し驚いた。珠吉も知らなかったようで、感心したような顔で富兵衛を見ている。

「ですので、一度は潰れかけたらしいとも、手前は聞いておりますよ」

「へえ、そうだったんだ。龍門桂銀散のおかげで窮地を脱したんだね」

「どうやらそういうことのようですね」

深くうなずいて、富兵衛が富士太郎に同意してみせる。

なるほどね、と富士太郎はいった。

「店の者も潰れないようにと、一所懸命がんばったんだろうけど、素晴らしい薬を扱うことができるようになってよかったね。それとも、自分のところで龍門桂銀散をつくり出したのかな」

「どうもそのようですよ」

富士太郎を見つめて富兵衛がいった。

「へえ、今の萬来堂のあるじが龍門桂銀散の生みの親なのかい」

「あるじなのか奉公人なのか、それはよくわかりませんが、龍門桂銀散はそんなに古い薬ではないのは確かですね。少なくとも、手前が幼い頃はなかったですからね。せいぜい、ここ十年ほどでできた薬じゃありませんかね」

「ああ、そんなものかねえ。おいらは、けっこう小さいときからのんでいたけど」

「樺山さまは、まだお若いですからね」

にこにこと富兵衛がいった。

もう二十三になったが、富兵衛に比べたら半分ほどの年齢でしかない。若く感じられるのは、確かなことだろう。

「旦那、萬来堂の住所は載っていますかい」

横から珠吉がきいてきた。

「うん、載っているよ。小石川《こいしかわ》の龍門寺《りゅうもんじ》門前町《もんぜんちょう》だね」

「龍門桂銀散の名は、どうやら店のある町の名から取ったんだね。いや、寺の名から取ったというほうがこの場合、いいのかな」

富兵衛に厚く礼をいって、富士太郎たちは辞去《じきょ》しようとした。

「そういえば、昨日——」

目を和《なご》ませていた富兵衛がまた口を開いた。

「うちに岡っ引の金之丞さんが来て、樺山さまたちと同じように、この人別帳を見ていきましたよ」

えっ、と富士太郎は目をみはった。珠吉も同様だ。

「金之丞も、この人別帳で庄之助のことを調べていたのかい」

「ええ、どうやらそのようでした」

「この人別帳を見たあと、金之丞はどうしたんだい」

「萬来堂に行くといっていました」

「おいらたちと同じか……」

富兵衛に改めて礼をいった富士太郎は、珠吉と一緒に、すぐさま萬来堂のある龍門寺門前町に足を運んだ。

さして大きな店構えではないが、ひっきりなしに客が出入りして、暖簾は常に揺れている感じである。

富士太郎たちも暖簾を払い、萬来堂の店内に入った。さすがに薬のにおいが一杯に充満している。

いらっしゃいませ、とすぐに寄ってきた若い奉公人が、富士太郎が町奉行所の役人だと見て取ったらしく、わずかに右の眉を上げた。

「あるじに会いたいんだけど」

若い奉公人に富士太郎は告げた。

「はい、承知いたしました。少々お待ちくださいますか」

若い奉公人が、旦那さま、と控えめな声を発した。三和土《たたき》から一段上がった十畳ほどの広さの畳敷きの間に、店の者と思える三人の男が座し、壁一面にしつらえられた薬棚《くすりだな》の引出しを開けては、熱心に薬の調合をしていた。畳敷きの間には、七、八人の客らしい者の姿もあった。

若い奉公人の声を聞いて、三十過ぎと思える男がこちらを見た。

「旦那さま、こちらのお役人がお呼びです」

あるじと思える男は富士太郎を見て、目を丸くした。

富士太郎と珠吉はすぐに、日当たりのよい客間に通された。

「忙しいところ、済まないね」

あるじと相対して座った富士太郎は軽く頭を下げた。

「いえ、そのようなことはよいのですが……」

萬来堂のあるじは平左衛門《へいざえもん》といい、いかにも篤実《とくじつ》そうな男である。

「おまえさんも忙しいだろうから、本題に入らせてもらうよ」

「はい」

「金之丞という岡っ引が昨日、この店に来なかったかい」

「金之丞さんなら、いらっしゃいました」

「金之丞はなぜこの店を訪ねてきたんだい」

「うちで働いていた庄之助について、詳しく知りたかったようですね」

やはりそうか、と富士太郎は思った。

「金之丞とのやりとりの委細を話してくれるかい」

「委細というほどのことではないのですが」

前置きしてから平左衛門が語りはじめた。

「もともと庄之助は御家人の出なんですよ」

「えっ、ああ、そうなのかい」

「はい。庄之助が幼い頃、家は断絶したらしいのです。断絶したことと関係あるのか、二親はともに死んでしまい、庄之助には兄弟もなく、みなしごとして五歳にして寺に入ったようなのです」

「ほう、そうなんだ」

「庄之助は、十二歳になった年に萬来堂での奉公をはじめたんですよ。つい先年まで、年若い番頭として汗水垂らして働いてくれておりました」

「年若い番頭か……」

富士太郎はつぶやいた。さもありなんという感じがした。

「そして、一年ばかり前にかわせみ屋のあるじだった恒五郎さんに見込まれて、その後、三月ほど前にかわせみ屋の養子になったのですよ」

それにしても庄之助はみなしごだったのかい、と富士太郎は思った。

——だとしたら、きっと相当の苦労があったんだろうね。

「平左衛門さん、庄之助は御家人の出ということだったけど、なんという名の家か、知っているかい」

「いえ、存じません。庄之助は出自についてほとんど話をしようとしませんでしたから」

「庄之助が五つで入った寺の名はわかるかい」

「あの、庄之助がこの店《たな》にやってきた当初は覚えていたのですが、申し訳ございません、今はもう失念してしまいまして……」

「いや、謝ることはないよ。江戸には数え切れないほどの寺があるしね」

これについては、龍門寺門前町の町名主に人別帳を見せてもらえば、判明するにちがいない。

「平左衛門さん、ちょっときくけど、庄之助の出自以外の話を金之丞にしたかい」

「いえ、なにもしておりません。金之丞さんも、それ以上のことはおききになりませんでした」

そうかい、と富士太郎はいった。

「金之丞がこの店にやってきたのは、昨日のいつ頃のことだい」

「夕刻でしたね。あと半刻ほどで店を閉めるという刻限でした」

「そんな刻限に……。この店を出たあと、どこに行くつもりか、金之丞はいっていたかい」

「いえ、なにもおっしゃっていませんでした」

そうかい、と富士太郎はいった。

「平左衛門さん、よくわかったよ。忙しいところ、ありがとう。助かったよ」

富士太郎は立ち上がろうとした。

「そうだ。龍門桂銀散だけど、誰がつくったんだい。平左衛門さんかい」

えっ、と平左衛門がびっくりしたような顔になった。

「いえ、龍門桂銀散は我が家に昔から伝わっていた秘伝書に、基《もと》になる薬が記してあったんですよ。その記載を奉公人が見つけ、手前どもが力を合わせてつくり上げたんです」

「ふーん、そういうことだったのかい」

納得した富士太郎は立ち上がり、客間を出て廊下を歩いた。三和土に置いてある雪駄を履いた。

畳敷きの間に平左衛門が端座する。

「邪魔したね」

「いえ、お構いもいたしませんで」

畳に手をつき、平左衛門が頭を下げた。

「いや、話を聞かせてもらってとてもためになったよ」

三和土を歩いた富士太郎は、暖簾を外に払った。途端に冷たい風が吹き寄せてきた。

「うー、寒いね。風邪を引いちまうよ」

ちらりと振り返ると、平左衛門が端座したまま手ぬぐいで額の汗を拭いているところだった。

――やはり町方の役人の相手をするのは、気疲れするものなのかな。

そんなことを富士太郎はちらりと思った。

「旦那、このあと、金之丞さんはどうしたんでしょうかね」

道に出て立ち止まった富士太郎に、珠吉がきいてきた。

「金之丞は、庄之助のことを徹底して調べているね。この町の町名主のところに行ったにちがいないよ」

富士太郎たちは町名主の家に行き、ここでも人別帳を見せてもらった。平左衛門がいった通り、庄之助は萬来堂に奉公に来る前は、寺にいたのはまちがいないようだ。寿映寺《じゆえいじ》という曹洞宗の寺である。

――禅宗の寺か。

禅宗は、町人よりも武家のほうが檀家《だんか》が多い。庄之助が御家人の家の出というのも、まちがいなさそうだ。

「昨日、この家に金之丞という岡っ引は来たかい」

これまでと同じ問いを、町名主の恭之助《きょうのすけ》に富士太郎はぶつけた。

「いえ、来ておりませんが……」

えっ、と富士太郎は思った。これは意外なことでしかない。

「まちがいないかい」

「ええ、まちがいありません。金之丞という岡っ引は来ていません」

迷いのない口調で、恭之助がはっきりと答えた。

ほかに手もなく、富士太郎は寿映寺に赴こうと考え、寺の場所を恭之助にきいた。

「寿映寺は火事で焼けてしまい、もうありませんよ」

ええっ、と富士太郎は驚愕した。

「火事になったのはいつのことだい」

「もう十年以上も前ですね」

そんなにたつのか、と富士太郎は思った。

「火事で焼けたんなら、寺に保管されていたはずの過去帳《かこちょう》はどうなってしまったんだい」

「残念ながら、燃えてしまったようですね」

「燃えてしまった……」

過去帳があれば、と富士太郎は思った。庄之助の出自がはっきりしたはずなのに。おそらく庄之助の家は、寿映寺の檀家だったはずなのだ。死んだ両親も、寿映寺に葬られたのではなかろうか。

過去帳さえあれば、庄之助の確たる出自がわかったはずなのに、焼けてしまったのでは、もう知ることはできない。

「寿映寺の住職はご存命かい」

今も生きているのなら、住職に話を聞けるかもしれない。

「庄之助さんが世話になった住職は、もう鬼籍《きせき》に入《い》ってしまっているらしいですよ。そのときの火事で焼け死んだわけではないようですが……」

それでも一応、富士太郎たちは寿映寺のあったという場所に足を運んだ。町名主の家から八町ほど離れた寺町にあった。

そこには、今は観奥寺《かんおうじ》という別の寺が建っていた。

観奥寺の門前を、寺男らしい年老いた男が箒《ほうき》で掃いていた。

その寺男に声をかけ、富士太郎は寿映寺についてたずねてみた。

だが寿映寺について、寺男はほとんどなにも知らなかった。

観奥寺の住職にも富士太郎は会ってみた。

住職の納観《のうかん》は、まだ二十五と若く、こちらも寿映寺についてまったく知らなかった。

一応、庄之助のことを知っているかときいてみたが、納観は、存じ上げませんと答えた。

ここで金之丞を追う手がかりの糸は、ぷつりと切れた。

――金之丞は、いったい庄之助のなにをつかんだのだろう。萬来堂を出たあと、どこに行ったのだろう。

観奥寺の清潔な客間に座して、富士太郎はただ首をひねるしかなかった。

第四章

一

両手両足を縛られて床に転がされてはいるものの、金之丞という岡っ引が闘志をまったく失っていないのは、高田兵庫にははっきりとわかる。

金之丞の目にたたえられている光が、憎悪《ぞうお》の色に満ちているからだ。あんな目をした男が、そうたやすく生きるのをあきらめるはずがない。必ずここから逃げ出してやる、と心密かに決意しているにちがいない。

そのことがわかっているから、兵庫はまったく油断していない。逃がすものか、と金之丞から目を離すつもりは一切ない。

金之丞は昨夜、桜源院に連れてこられた。いま金之丞が横になっているのは、奥の院と呼ばれる建物である。さして大きな建物ではないが、静かで、人を監禁するにはもってこいの場所である。

すっかり冷めた茶を喫して、兵庫は昨日のことを思い出した。

庄之助に命じられて、岡っ引らしい男を捕らえるためにかわせみ屋の近所をさりげなく調べてみたが、そのあたりに公儀の犬と思える男は張り込んでいなかった。

いったいどこにいるのかと兵庫は思案したものの、居場所がわかるはずもなかった。昼にはかわせみ屋に決して来るな、と庄之助から厳しくいわれている。

庄之助がいる店に寄ることなく、夕刻、兵庫は配下たちを連れて、いったん桜源院に戻った。

そうしたら、萬来堂のあるじの平左衛門からの注進があったのだ。金之丞という岡っ引が、庄之助のことを聞きに来ているというのである。

すぐさま兵庫は配下を連れて萬来堂に赴き、金之丞という岡っ引がどんな男なのか、風体《ふうてい》を確かめようとした。

しかし一足ちがいで、金之丞という男は萬来堂をあとにしていた。

あるじの平左衛門から、兵庫は金之丞の人相をきいた。

どうやら金之丞というのは、昨日の四つごろ捕らえ損ねた公儀の犬とおぼしき男と同一の者であるようだ。

果たしてあの男は岡っ引だったか、と兵庫は思った。岡っ引ならば、やはり公儀の犬としかいいようがない。頭領《とうりよう》の目は確かだな、と兵庫は感心するしかなかった。

金之丞という男は平左衛門に、なにかわかったら白銀町の馬野美という小料理屋に知らせてほしい、といっていたらしい。

すぐに白銀町に赴き、馬野美という小料理屋を兵庫は調べてみた。

どうやら、金之丞の女房が営んでいる店のようだ。

さっそく客のような顔をして兵庫自ら馬野美に入ってみたが、そこに金之丞がいる気配はなかった。

馬野美を出た兵庫は、配下たちとともに金之丞を捜しはじめた。白銀町の周辺にいるのはまちがいないのではないか思えた。

しかし、日が暮れてきた中、金之丞はなかなか見つからなかった。

夜の五つ過ぎ、馬野美が店を閉じた。その直後、金之丞がついに見つかったのだ。

金之丞は馬野美の裏手で、店の手伝いをしている下っ引らしい若い男と会っていたのである。
どうやら、下っ引らしい男になにかを命じている様子だった。
下っ引らしい男と別れた金之丞は、提灯をつけて暗い道を歩きはじめた。その
あとを兵庫たちは慎重につけていった。
かわせみ屋の近くまで金之丞はやってきて、用水桶のある路地にひそんだ。
またしてもお頭《かしら》のことを張るつもりなのだな、とその執念深さに兵庫は舌を巻
くしかなかった。
だが、金之丞を捕らえるために、これ以上の好機はなかった。金之丞を逃がし
た用心棒らしい男はどこにもいなかったからだ。
兵庫たちは背後から金之丞に近づき、一気に襲いかかったのだ。
ほとんど抵抗を受けることなく、兵庫たちは金之丞を捕まえることに成功し
た。
金之丞に猿ぐつわを噛ませ、あらかじめ用意しておいた筵《むしろ》で簀《す》巻《まき》にした。その
上で兵庫たちは金之丞を荷物のように担いで桜源院に向かった。
配下をかわせみ屋に使いに出し、庄之助に桜源院へ来てもらうことにした。人
目のない夜ならば、かわせみ屋を訪ねても構わぬ、と庄之助からいわれていた。

しかし、夜が明けた今になってもまだ庄之助は姿を見せない。かわせみ屋のあるじとして、いろいろと忙しいのだろう。

ふと外から足音が聞こえてきた。床に置いてあった刀を引き寄せ、兵庫は片膝を立てた。

扉の隙間から外を見て、誰がやってきたのかを確かめる。

——おっ、お頭ではないか。

立ち上がり、兵庫は奥の院の扉を大きく開けた。

「お待ちしておりました」

回廊につながる階段に足をかけた庄之助に、兵庫は辞儀をした。

「済まぬ、待たせた」

「いえ」

「金之丞という男はどうだ。おとなしくしているか」

「はい。手足を縛っておりますので、身動きはほとんどできませぬ」

「よし、ちと話をしよう」

うなずいて庄之助が奥の院に入ってきた。

「ほう、けっこう暖かいな」

「この時季ですから、寒がりのそれがしは火鉢がないと死んでしまいます。お頭には、根性がないと叱られそうですが……」

「いかに寒さに慣れておらぬとはいえ、この程度の寒さに負けるなど、兵庫は確かに根性がないな」

軽口のようにいいながら、庄之助が金之丞に近づく。床の上にどかりと座り込んだ。

「まずは猿ぐつわを取ってやる。さすれば、少しは話をしようという気になろう」

手を伸ばし、庄之助が金之丞の猿ぐつわを外した。

「どうだ、少しは楽になっただろう」

「ああ」

目を光らせつつ金之丞が答えた。

「きさま、岡っ引だそうだな」

すぐさま庄之助が金之丞の尋問《じんもん》をはじめた。

「いったい俺のなにを調べ回っているのだ」

だが金之丞は答えるつもりはないようで、ただ庄之助をにらみつけているだけだ。

かまわず庄之助が問いを重ねる。

「なにゆえ俺のことを調べているのだ。おぬしの癇に障るようなことを、俺はしたのか」

「おまえのような得体《えたい》の知れん男が、かわせみ屋のあるじになったこと自体、俺の癇に障るのだ」

「そうか。かわせみ屋は悪評が高いからな。だが、それだけではあるまい。得体が知れんといったが、俺のなにかがおぬしの関心を引いたのだな。それはいったいなんなのだ」

だが、またも金之丞はだんまりになった。

「俺のことを調べて町方に知らせようとしているのか」

それについても、金之丞はなにもいわない。

「どうやら俺の素性が気になっているようだな」

金之丞の眉がわずかながらも動いたのを、兵庫ははっきりと見た。

「やはり図星か。俺にいったいどんなおかしなところがあるというのだ」

面をぐいっと上げて、金之丞が庄之助をにらみつけた。

「きさまは庄之助なんかじゃない」

叫ぶように金之丞がいった。

「では、誰だというのだ」

あくまでも冷静に庄之助がきく。

「きさまは雪谷鈴太郎《ゆきたにすずたろう》だ。ちがうか」

決めつけるように金之丞がいった。

「さあ、そんな名の男は知らぬな」

「とぼけるな」

唾を飛ばして金之丞が吼《ほ》える。それを見て、ふん、と庄之助は鼻を鳴らした。

「そのこと、町方に伝えたのか」

「さて、どうかな」

ふふ、と庄之助が笑いを漏らす。

「まだ伝えておらぬな。もしすでに伝えていたら、伝えたとはっきりというはずだからな。おぬし、若い下っ引らしい男と、馬野美という小料理屋の裏手で話していたらしいな」

むっ、という表情をして金之丞が庄之助を見つめている。

「なにゆえ知っているのだ、といいたげな顔つきだな」

「くっ。なにゆえだ」

「萬来堂が我らの仲間だといえば、わかるか」

悔しげに金之丞が奥歯を嚙み締めたのが、兵庫にはわかった。

「そうか、萬来堂はきさまらとぐるだったか」

いかにも無念そうに金之丞が喉の奥から声を絞り出した。

「話を戻すぞ」

宣するようにいい、庄之助が金之丞を凝視《ぎょうし》する。

「おぬしが馬野美という小料理屋の裏手で会った下っ引らしい男に、おぬしはなんといった」

しかし金之丞を答えない。

仕方がないというように庄之助が首を振った。

「おそらく、そやつはおぬしの言伝を持って町方役人の使いに出たに過ぎぬな。岡っ引という生き物は常に手柄を立てたいと願って生きておるのだろう。大事なことは、じかに定廻りに伝えたいと考えるはずだ。ちがうか」

それについても金之丞は口を開かなかった。

「よし、これで話は終わりだ」

すっくと立ち上がった庄之助が外に出ていった。階段を下りはじめる。

「兵庫――」

階段を下りきったところで庄之助が手招いてきた。

「なんでしょう」

一度、金之丞に目を投げてから兵庫は外に出た。

「あやつを殺せ」

庄之助が短く命じてきた。

「承知しました」

「死骸は簀巻にして大川《おおかわ》に流せ」

「はっ。仰せの通りにいたします」

きっぱりと答えて、兵庫は庄之助に向かって深々と頭を下げた。

二

退屈でならなかったが、琢ノ介はたっぷりと静養した。

そのおかげで、怪我はすっかりよくなった。

いや、決して怪我が完治したわけではない。だが、もう寝ていることに琢ノ介は飽き飽きしてしまったのである。

寝床に横になっていると、眠れないままにさまざまな思いがよぎり、怒りがふつふつと湧いてくる。体全体が熱くなり、とても寝ていられないのだ。

――くそう。このままにしておくものか。

琢ノ介の全身は、いま怒りに満ち満ちている。真っ赤な火を噴くのではないかと思えるほどだ。

――こんなに重い怪我を負ったせいで、ここ二晩は、おあきをかわいがってやることもできなかったではないか。

そのことも琢ノ介は頭にきている。

――もしそのせいで子ができなかったら、どうするのだ。鉄は熱いうちに打て。子も熱いうちに仕込め、だ。

阿夫利神社に行ってきた直後が最も験《げん》があり、きっと子もできやすいにちがいないのである。

どこに行ったのか、今この家にはおあきや祥吉、おれんはいないのがわかる。

人の気配がまるでしないのだ。

――抜け出すなら今だな。

起き上がるどころか、外に出るなんていったら、おあきは目を三角にして怒るだろう。おれんも引き止めるに決まっている。祥吉は泣いて止めるにちがいない。

――よし、行くぞ。

ゆっくりと立ち上がり、琢ノ介は搔巻を脱いだ。衣紋掛《えもんかけ》にかかっている着物を着て、帯を締める。

刀架《とうか》にかかっている道中差《どうちゅうざし》を帯に差し込んだ。こんなものは持っていきたくはないが、なにがあるかわからない。用心に越したことはないだろう。

思いついて、床の間の小さな棚の引出しから、狛犬《こまいぬ》の根付《ねつけ》を取り出し、それを帯に引っかけた。

寝所を出て、琢ノ介は廊下を静かに進んだ。

――まことにひっそりしているな。三人はいったいどこに行ったのだろう。

さっぱりわからないが、外に出るのは今しかない。

――ああ、そういえば、わしの本復を願うために近くの稲荷神社にお参りに行くとかいっていたな。きっとそれだな。

近所の稲荷はほんの二町ほどしか離れていない。三人は琢ノ介を一人にしておくのを恐れ、きっとすぐに戻ってくるだろう。

――いきなり姿を消したら、三人が心配するだろうから……。

琢ノ介は、散策に行ってくる、と手早く置き手紙を書いた。それを店の文机の上に置いた。

――これでよし。

琢ノ介は米田屋を出た。見渡したが、おあきたちの姿はどこにもない。まだ稲荷にいて熱心に祈っているのかもしれない。

――済まぬ。

心で謝ってから、琢ノ介は道をそろりそろりと歩きはじめた。

目指すのは恒五郎の隠居所だ。恒五郎と直談判《じかだんぱん》するためである。

――あっ、そうだ。

琢ノ介は恒五郎の隠居所がどこにあるのか知らないことに、出かけてから思い出した。

――これも頭を打たれたからかもしれんな。

かわせみ屋のあるじの庄之助はもちろん知っているだろうが、まず教えてはくれないだろう。

──だったら、このあいだわしが恒五郎たちと会った茶店はどうだ。

かわせみ屋が同じ町内にあることもあり、あの茶店に恒五郎はよく足を運んでいるのではないか。

──よし、牛込原町だったな。

琢ノ介はそちらに足を向けた。

普段なら四半刻ほどで行けるはずの町に、半刻ばかりかかってようやく着いた。今のところ、頭は痛くない。

──ふう、なかなか遠かったな。ということは、当たり前のことだが、わしは本復しておらんのだな。

目当ての茶店に入り、茶を飲み、団子を食べた。

──そういえば、ここの饅頭は、あまりおいしくはなかったな。

頭を木刀で打たれても、このことはよく覚えていた。

──やはりわしは食いしん坊なのだろうな。食に関することは、どんなことがあっても、忘れんようだ。

団子をゆっくりと咀嚼《そしゃく》した。しかし、あまり味がよくわからなかった。というより、味を感じないのだ。

——やはりこれも頭を打たれたせいか。これでは汁粉を食べても、甘味がわからんだろうな。

縁台から立ち上がり、琢ノ介は勘定を済ませた。その際、恒五郎の住処《すみか》のことを看板娘にきいた。

「この根付なんだが——」

琢ノ介は、おあきからの贈り物で、特に大事にしている狛犬の根付を看板娘に見せた。

「このあいだ、この近くで拾ったのだ。多分、恒五郎さんのものではないかと思うんだが、おまえさん、恒五郎さんの隠居所がどこか知っているかい。きっと今もこの根付を捜しているんじゃないかと思うんだ。届けてやりたいのだ」

「ああ、恒五郎さんでしたら、薬王寺門前町に家があると聞いたことがあります」

はきはきと看板娘がいった。

「薬王寺門前町か」

「ここから南に五町ほど行った町ですよ」

――ああ、そうだったな。少し物覚えが妙なことになっているのはまちがいないな。

薬王寺門前町という名はわかるのだが、それがどこだったか、琢ノ介ははっきり思い出せなかったのである。

――直之進もいっていたが、やはり頭は怖いな。

看板娘に礼をいった琢ノ介は、そろそろと歩いて薬王寺門前町を目指した。

――今頃、おあきたちは大騒ぎしているかもしれんな。

済まん、とまた心で謝ったが、やはり恒五郎のことはこのままにしておけん、という気持ちがまさり、琢ノ介は薬王寺門前町を目指してそのまま歩き続けた。

――わしはもともと武家だ。武家になめた真似をしたら、どんなことになるか、思い知らせてやらなければならん。

恒五郎憎しで気持ちが凝《こ》り固《かた》まっている琢ノ介だったが、たった五町の道のりですら、かなり遠く感じた。

薬王寺門前町の自身番《じしんばん》に入った琢ノ介は、中に詰めている町役人に、狛犬の根付をそっと見せた。

「ちとこれを届けたいので、恒五郎の隠居所の場所を教えてくれませんか」

「それが恒五郎さんの持ち物なんですか」

不思議そうに町役人がきいてきた。

「だと思うのですが……」

「こういってはなんですが、恒五郎さんの持ち物にしては、品がありすぎるような気がいたしますなあ」

「えっ、そうですか」

おあきからの贈り物を褒められて、琢ノ介は跳び上がりたいような気持ちに駆られた。もちろん、頭の怪我が怖いので、そんな真似はしない。

「恒五郎さんは、あまり上等なものがわかるような人ではないですからね。もしかしたら、お吟さんが贈ったのかもしれませんね。それなら、わかりますが……」

「それで、恒五郎さんの隠居所はどちらでしょうか」

「ああ、さようでしたね」

薬王寺の山門の斜向《はすむ》かいの路地を入った三軒目の広い家がそうだという。

「手入れの行き届いた生垣《いけがき》があります。それが目印ですよ」

「ありがとうございます」

丁寧に礼を述べて、琢ノ介は自身番を出た。路地はすぐに見つかり、冷たい風に吹かれながら足を踏み入れる。

寒さはさほど感じない。寒がりの琢ノ介にしては、かなり珍しいことである。これも頭を打たれたせいなのか。

緑が鮮やかな生垣が、琢ノ介の目に飛び込んできた。

——ここか。

生垣の切れ目に三段の階段があり、そこから石畳が続いていた。石畳は戸口につながっているようだ。

——よし、行くぞ。恒五郎に思い切り文句をいってやるのだ。

一応、道中差が抜けるかどうかも確かめた。なにしろ、最近はまったく使うような機会がないのだ。ろくに手入れもしていない。錆《さ》びていても、決しておかしくはない。

幸い、道中差は錆びてはおらず、ちゃんと抜くこともできた。

——これを使うようなことには、まずならんと思うが……。

階段を上がり、石畳を踏んだ琢ノ介は戸口に立った。

「頼もう」

あまり大きな声を出すと、頭に響きそうなので、遠慮がちに訪いを入れた。だが、中から応えはない。ひっそりとしている。

――あれ、留守なのか。

せっかく覚悟を決めて来たというのに、留守では拍子抜けだ。

――聞こえなかったのかもしれん。

もう一度、琢ノ介は声を発した。先ほどより大きな声を出すように心がける。

だが、隠居所は静かなままだ。

――まことに留守のようだな。

くそう、と琢ノ介は思った。

――せっかく遠路《えんろ》はるばる来たというのに、おらんとは……。

引手に手を当て、琢ノ介は戸を横に引いてみた。心張り棒などは支っておらず、少しがたついたものの、戸はすんなりと横に動いた。

――なんだ、さんざん人からうらみを買っているはずの男にしては、不用心ではないか。

「おい、誰もおらんのか」

中に声を投げてから、琢ノ介は土間に足を踏み入れた。

「おーい、誰もおらんのか」

土間から上にあがるための沓脱石で雪駄を脱ぎ、琢ノ介はそろそろと廊下を進んだ。

人の気配はまったくない。

――二人で出かけているようだな。しかし、戸締まりもろくにせずに、いったいどこに行ったのかな。まさか今頃、二人でむつみ合っているなんてことはなかろうな。

精が強そうな恒五郎なら十分に考えられる。

――しかし、誰かに見咎《みとが》められる前に、退散したほうがよかろうな。

廊下の突き当たりまで来て、琢ノ介は踵を返した。

――むっ。いま人らしい影が目に入らなかったか。

廊下のすぐ左側の部屋である。そろそろと歩いて、琢ノ介はその部屋をのぞき込んだ。

「あっ」

敷居際で男がうつぶせに倒れていた。

──恒五郎ではないか。
こんなところで眠っているのか、と琢ノ介はじっと見て思った。
──いや、ちがうな。
恒五郎は息をしていないように見える。
──まさか死んでいるのではあるまいか。
どうやら本当に絶命しているようだ。なんということだ、と琢ノ介は息をのんだ。
──もしや誰かに殺されたのかな。
恒五郎は人々のうらみを買い続けてきたが、ついに息の根を止められたということか。
琢ノ介は恒五郎の全身をくまなく見た。
──しかし、どこにも傷らしいものはないようだな。血もどこからも出ておらん。
ということは病死かもしれん、と琢ノ介は思った。
手を伸ばし、恒五郎の遺骸にそっと手を触れてみた。
まだかすかに温かみが残っている。

——死んでから、まださほどたっておらんということか。

先日、会ったときはいかにも元気そうだった。それが今は、こんな変わり果てた姿になっている。琢ノ介は、人生の儚《はかな》さを覚えた。

——この男の配下にこてんぱんにのされたわしがなにごともなく生きており、精力の塊だったかのようなこの男が今はもうこの世にいない。不思議なものよな。

そのとき戸口のほうで物音が聞こえた。

——お吟さんが帰ってきたのではないかな。

廊下を歩いて琢ノ介はそちらに向かった。

酒徳利《さけどつくり》を抱えたお吟が、土間に立ち、不思議そうに沓脱石の上の雪駄に目を当てていた。

お吟は、どうやら近所の酒屋に酒を買いに出ていたらしい。

「これは誰のかしら……」

そんな声が琢ノ介の耳に届いた。

「お吟さん——」

一歩だけ近づいて、琢ノ介は控えめに声をかけた。

「きゃっ」

驚いて飛び跳ねたお吟が、酒徳利を取り落としそうになった。

「米田屋さん……」

目をみはってお吟が琢ノ介を見る。

「どうしてここに……」

「ちょっと恒五郎に文句をいってやろうと思って来たんだ」

「えっ、文句ですか」

「まあ、そうだ。ああ、お吟さん、ちょっとこっちに来てくれるか」

「えっ、はい、わかりました」

お吟を先導するように琢ノ介は廊下をゆっくりと進んだ。

「それを見てくれ」

琢ノ介は、部屋の敷居際で倒れている恒五郎に向かって指をさした。

「えっ、いったいなんですか」

首を伸ばしてのぞき込んだお吟が、あっ、と声を上げた。きっとしてすぐさま琢ノ介をにらみつける。

「米田屋さん、うちの旦那になにかしたのですか」

お吟に鋭くいわれ、琢ノ介はあわてて弁解した。

「わしはなにもしておらん」

すぐに、どういう仕儀《しぎ》でここまで来たのか、改めて説明した。

「恒五郎のどこにも傷はない。血も流れておらん。だから恒五郎は病死ではないかと思う」

「ええっ、病死ですって」

狼狽《ろうばい》した様子のお吟が恒五郎の様子を見る。

「まだ温かい」

顔を上げ、お吟が琢ノ介を見る。

「今から医者を呼びに行ってきます。申し訳ないのですが、米田屋さん、そのあいだ、ここにいてくれますか」

「ああ、お安い御用だ」

その言葉を聞くやいなや、お吟が廊下を駆け出していった。

待つほどもなくお吟が戻ってきた。十徳《じっとく》を羽織り、きれいにそりあげた坊主《ぼうず》頭《あたま》の男を連れてきている。薬箱を持った助手らしい若者が一緒だった。

「先生、こちらです」

お吟が、倒れている恒五郎を指し示す。医者がかがみ込み、恒五郎の脈を診《み》る。それからまぶたを開け、瞳をじっと見た。

すぐさまその場に端座し、医者が威儀を正した。残念そうに目を伏せる。それから面《おもて》を上げ、お吟を見た。

「ご臨終です」

「ええっ」

叫ぶようにいって、お吟が恒五郎にすがりついた。激しく泣きはじめる。医者も助手もその場を動かず、じっとお吟を見ている。むろん、琢ノ介も同様である。

やがて気持ちが少しは落ち着いてきたか、お吟が泣き止《や》んだ。

「済みません、取り乱してしまって……」

面を上げ、涙をぬぐってお吟が医者と琢ノ介に謝った。

「あの、先生、うちの旦那さまは、なぜ死んでしまったのですか」

すがるような顔でお吟がきいた。

「詳しいことは検死医師に診てもらわなければならないが、わしの見立てでは卒《そっ》中《ちゅう》だね」

冷静な声音で医者がいった。

「卒中ですか」

うむ、と医者がうなずいた。

「一見したところ、どこにも傷はないし、血は一滴たりとも流れていない。厠にでも行こうとして、恒五郎さんはここでばたりと倒れ、それっきりだったかのもしれん」

「寿命だったということですか」

「まあ、そうだね」

――あんなに元気そうだったのに、四十過ぎで死んでしまうとは、人というのはわからんものだな……。

両目を閉じ、琢ノ介は亡骸《なきがら》に向かって合掌《がっしょう》した。

今はもう、恒五郎に対するうらみは忘れている。自分はこうして生きているのだ。

すでにあの世に逝《い》ってしまった者を、悪くいうつもりはもはやなかった。

三

朝、南町奉行所に出仕《しゅっし》した途端、富士太郎は上役の荒俣土岐之助に呼ばれた。

「男の死骸が大川で見つかったらしいぞ」

えっ、と富士太郎は思った。

「男の死骸ですか」

「どうやら大川に投げ捨てられた死骸らしいが、仏の執念なのか、岩礁に流れ着いたらしい。今朝、釣りに出かけた釣り人が見つけたのだ。どうだ、富士太郎、その死骸のこと、気にならぬか」

「荒俣さまは、その死骸が金之丞のものではないかとおっしゃるのですね」

金之丞が行方知れずになっていることは、富士太郎は昨日のうちに土岐之助に報告してあった。

「そうだ」

富士太郎をじっと見て土岐之助が首肯する。

「場所はどこですか」

すぐさま富士太郎は土岐之助にきいた。

「鉄砲洲らしい」

釣りの名所と呼ばれているところだね、と富士太郎は思った。

「富士太郎、今から行ってみるか」

「はい、行ってまいります」

「よし、行ってこい」

土岐之助に気合を入れられるようにいわれ、富士太郎は元気よく立ち上がった。

大門の前で珠吉と落ち合い、金之丞のものかもしれない死骸が上がったことを話した。

「えっ、じゃあ、旦那、さっそくまいりましょう」

男の死骸が見つかったという鉄砲洲に向かって、富士太郎と珠吉は駆けはじめた。

南町奉行所と鉄砲洲とは、近所といってよい。富士太郎たちはすぐに現場に到着した。

奉行所の同心や小者がいて、野次馬たちが近づけないようにしていた。

「あっ、これは樺山さま」

かしこまった小者が富士太郎と珠吉を現場に入れてくれた。

「おっ、富士太郎ではないか」

同僚の同心の芝崎龍吾《しばさきたつご》が呼びかけてきた。

「どうした、この死骸が気になるのか」

「上がった死骸は、金之丞ということはありませんか」

「それは、以前、久保崎丹吾さんの岡っ引をつとめていた金之丞のことか」

首をかしげて芝崎龍吾が考え込む。

「俺は定廻りとしては新参者だからな、金之丞の顔はろくに知らんのだ。富士太郎、おぬしが見てくれぬか」

「お安い御用ですよ」

岩礁に下《お》り、富士太郎は岩にしがみついているように見える死骸に近づいて、目を当てた。横で珠吉も、真剣な眼差しを死骸に注いでいる。

「まちがいないね、珠吉」

「ええ、まちがいありませんや」

すぐさま富士太郎は振り向き、後ろに立っている芝崎龍吾にうなずいてみせた。

「この仏は金之丞です」

「やはりそうだったか」

すぐに検死医師の福斎《ふくさい》が助手の祐太郎《ゆうたろう》をしたがえてやってきた。

その見解によると、致命傷になったのは、胸の刺し傷で、仏は心の臓を一突きにされているとのことだ。

「かなりの手練の仕業と思います」

最後に福斎が付け足すようにいった。

――殺したのは、庄之助ではないかな。いや、それ以外、考えられないよ。

合掌して富士太郎は金之丞の死骸に心で語りかけた。

――必ずおまえさんの無念を晴らしてやるからね。

富士太郎は金之丞の死骸にかたく誓った。

――仮に、庄之助がじかに手を下してなくても、配下に命じて殺させたにちがいないよ。

とにかく、庄之助がいちばん怪しいのは紛《まぎ》れもない。

庄之助としては、金之丞の死骸を大川に流してしまえば町奉行所の探索はないと踏んでいたはずだ。

だから、金之丞の死骸が岩礁に流れ着いたのは、庄之助にとっては目論見《もくろみ》が狂ったとしかいいようがないのではないか。

——そこになんとしてもつけ込まないとね。

「珠吉、行くよ」

「わかりました」

どこに行くのか、いわずとも珠吉はわかっているという顔をしている。このあたりは阿吽の呼吸というべきものだろう。

珠吉を伴った富士太郎は同僚同心の芝崎龍吾に挨拶《あいさつ》して、すぐに岸に上がった。


半刻後、富士太郎たちは牛込原町にいた。

間を置くことなく、かわせみ屋を訪ねる。

客間で庄之助に会った。

「金之丞という男が死骸で見つかったよ」

ずばりといったが、庄之助はまったく表情を動かさない。

「ああ、昨日、うちを家捜しした際に樺山の旦那がおっしゃっていた」

「岡っ引だよ。じきにおいらが手札を渡すつもりだったんだ」

富士太郎にそのつもりはなかったが、我知らず口をついて出た。

「それはお気の毒に……」

「おまえさんは、多分、死骸は大川に流せといったんだろうね。そうすれば、番所の目を引くことはないから。でも、金之丞の執念がまさったんだろうね、鉄砲洲で死骸は見つかったのさ。目論見ちがいだったね」

「樺山の旦那がなにをおっしゃっているのか、手前にはよくわかりませんよ」

「いや、よくわかっているはずだよ」

決めつけるように富士太郎はいった。

「目論見ちがいというのはよくあることさ。金之丞の死骸が見つかったことなど、おまえさんには、どうということはないかもしれない。おまえさんが殺《や》らせたという証拠はなにもないからね。でも、おいらは金之丞の無念を必ず晴らしてみせるよ。首を洗って待っておくんだね」

「はい、樺山の旦那のお言葉だけはありがたく承《うけたまわ》っておきますよ」

穏やかな声で庄之助が答えた。

「済みませんが、樺山の旦那、もうお引き取り願えませんでしょうか」

「ああ、それは構わないけど、今日は珍しいね。こんなに急《せ》かせるなんて」

「葬儀をしなければならぬのですよ」

「葬儀だって。誰のだい」

目をみはって富士太郎はたずねた。

「樺山の旦那は、まだお聞き及びになってらっしゃらないのですね。亡くなったのは、うちの恒五郎ですよ」

「ええっ」

さすがに富士太郎の腰は浮いた。珠吉も横で驚愕の表情だ。

「まさか殺されたんじゃないだろうね」

「いえ、ちがいます。卒中ですよ」

「卒中……。いつのことだい」

「昨日の夕刻のことです」

「昨日の夕刻……」

「恒五郎は不審死ということで、薬王寺門前町の自身番の町役人に頼んで、検死医師にも来ていただきました。その上で、卒中という結果が出ました。ああ、ちなみに恒五郎の死骸を最初に見つけたのは、米田屋さんですよ」

「ええっ、なんだって」

富士太郎は絶句するしかない。どうして琢ノ介が恒五郎の死骸を最初に見つけることになったのか。

琢ノ介が襲われてから、まだ何日もたっていないのに。小日向東古川町から薬王寺門前町まで行ったというのだろうか。信じられないが、庄之助がこんなことで嘘をつくとは思えない。

「どういうことだい」

ようやく言葉が喉から出てきた。

「なんでも、米田屋さんは恒五郎に文句をいうために隠居所に行き、そこで死骸を見つけたようなんです」

「そのときお吟さんはどうしていたんだい」

「恒五郎のために酒を買いに出ていたらしいですよ」

「酒を……」

樺山の旦那、と庄之助が呼びかけてきた。

「葬儀がありますので、申し訳ないのですが、詳しい話は後日いたしましょう」

「ああ、わかったよ」

「昨日、通夜《つや》は執《と》り行《おこな》ったんです。今朝は皆でお寺に行くことになっています」

「おまえさんが喪主かい」

「さようです。手前が喪主として葬儀を取り仕切ることになります」

「恒五郎に妻子は」

「いえ、おりません。二親《ふたおや》も、とうにこの世にいないと聞いておりますよ」

そうかい、と富士太郎はいった。

「では、おいらたちは引き上げることにするよ」

珠吉を促し、富士太郎はかわせみ屋の外に出た。


恒五郎の葬儀はつつがなく終わった。

かわせみ屋内の土間に、庄之助は奉公人たちを集めた。

いずれも読売に携わって長い者ばかりだ。その道の練達の者たちといってよい。

息を深く入れてから、庄之助は口を開いた。

「よいか、秀士館のことをとことん調べ上げるのだ。なんでもよい。つまらぬこと思えても、必ずわしに伝えよ。わかったか」

「はっ」

奉公人たちが声をそろえる。

「秀士館の館長は、佐賀大左衛門という。やつは大金を集め、あのような文武《ぶんぶ》の学校をつくりあげた。あの男のどこからそんな大金が出ているのか。公儀の誰とつながっているのか。大店《おおだな》との癒着《ゆちゃく》はないのか。そういうところを徹底して調べるのだ」

強い口調で庄之助は奉公人たちに命じた。

「佐賀大左衛門を破滅に追い込むのだ。わかったな」

おう、と再び奉公人たちが声を上げた。

四

目をしばらく揉んでから、雄哲が直之進とおきくを見た。

「もう大丈夫であろう」

「さようですか」

直之進はほっと胸をなで下ろした。

直太郎が重い風邪を引いてしまったのだ。すぐに雄哲に診てもらったことが功を奏《そう》したか、風邪を引いて二日目に直太郎の病は峠を越したのである。

直之進はかわせみ屋のあるじ庄之助のことは気にかかっていたが、どこにも行かず、秀士館の家に籠もり、おきくと一緒にずっと直太郎の看病をしていたのだ。

直太郎が風邪を引いた初日に雄哲が来てくれたおかげで、直太郎は風邪をこじらすことなく、三日で治ったのである。

「あとは、苦いがこの薬湯を二、三日飲ませれば、全快しよう」

「わかりました」

直之進は畳に両手をついた。

「先生が来てくださったおかげで、直太郎の風邪が治りました。まことにありがとうございます」

「いや、わしがなにをしたということもないのだよ。直太郎ちゃんの治癒力《ちゆりよく》が、風邪にまさったに過ぎんよ」

「いえ、治癒力を上げてくださったのは、雄哲先生ですから」

「まあ、とにかく治ってよかった」

目の前の小さな寝床で、直太郎はすやすやと眠っている。

「さて、米田屋に行くとするか」

雄哲のつぶやきが直之進の耳に届いた。

「先生、ひょっとして今から琢ノ介のところに行かれるのですか」

「そのつもりだ。来てくれるように、米田屋のお内儀から頼まれておるからな」

「ああ、そうだったのですか。でしたら、それがしも一緒に行きます。琢ノ介の様子がどうなのか、気になっていたものですから」

「別にわしは構わんよ」

雄哲の目がおきくに向く。

「あなたさま、行ってきてください。義兄さんのことですから、なにか無茶をしていなければよいと、私は心配しているのです」

「それは俺も同感だ」

直之進は、安らかに眠っている直太郎を見つめた。せがれのことは心配でならないが、治ったと雄哲がいってくれた以上、大丈夫だろう。今は琢ノ介のことのほうが気にかかってきた。

――確かにあの男は無茶をしそうだからな。

秀士館の道場は今日まで休みを取ってある。

――明日になれば、みんなに会える。

おきくの見送りを受けて秀士館の家を出た直之進は、雄哲と一緒に米田屋に行った。

「一之輔《いちのすけ》どのはどうしたのですか」

雄哲が深く信頼している助手のことだ。

「風邪を引いて寝込んでおる」

「えっ、一之輔どのは大丈夫なのですか」

「寝ておれ、と強くいってある。風邪は寝るのが一番の薬だ。ひたすら寝て静養につとめれば、そのうち治るのが風邪というものだ。風邪は無理をしてこじらせるのが最も悪い。湯瀬どのも気をつけることだ」

「はい、わかりました」

やがて小日向東古川町に入った直之進たちは、米田屋の戸口に立った。驚いたことに暖簾が風に揺れていた。

土間に琢ノ介が立っていた。

「琢ノ介、もう起き上がっているのか」

驚いて直之進はきいた。

「いつまでも寝ていられんからな」

「琢ノ介、まさか外回りに出るつもりじゃないだろうな」

「いや、そのまさかだが……」

「そこまでできるほどよくなったのか。しかし、せっかく雄哲先生がいらしてくださったのだ。診てもらえ」

えっ、と琢ノ介が眉根を寄せた。

「いやか」

「いや、そんなことはない」

仕方なさそうに寝所に戻り、琢ノ介が布団に横になった。

「琢ノ介、まことに大丈夫なのか」

無理をする琢ノ介のことが心配でならず、直之進はたずねた。

「ああ、大丈夫だ」

はっきりとした声で琢ノ介が答える。

「いえ、大丈夫じゃありません」

強い口調でおあきがいった。

「一昨日もこの人、うちを抜け出したんですよ」

「どこに行ったのだ」

「まあ、散策だ。寝ているのにも飽きてしまったのでな」

「どれだけ私たちが心配したか、あなたはわかっていないのです」

「いや、わかっているよ。わかっているが、もう大丈夫なのだ」

「だが米田屋さん、おまえさん、木刀でさんざん打たれたのだろう」

雄哲があいだに入るようにいった。

「はい、その通りです」

雄哲を見返して琢ノ介が肯《がえ》んじた。

「でも先生、大した腕ではない者どもの仕業ですから、やられた手前も大した怪我ではないのですよ」

「それを判断するのは、わしの仕事だな」

「ああ、さようですね」

「よし、まずは脈を診よう」

真剣な顔で雄哲がいい、琢ノ介の手を軽く握った。

「うむ、脈は健やかそのものだな」

その後、雄哲は琢ノ介の体の傷や頭の傷、目や耳も徹底して診た。

「うむ、米田屋さんの傷はすっかりよくなっておる。それでも頭は怖いから、無理は禁物だが、無茶なことさえしなければ大丈夫だろう」

「やはりそうですか」

目を輝かせて琢ノ介がいった。勝ち誇ったような目で直之進やおあきを見る。

「なっ、大丈夫だといっただろう。先生、ありがとうございました。先生に太鼓判を押していただき、元気百倍ですよ」

寝床から琢ノ介がそろそろと起き上がった。

「無理は禁物だからな」

つぶやいた琢ノ介はそっと立ち上がった。

「うむ、体もまったくふらつかん」

「しかし、米田屋さんはまったく頑丈にできておるな。こんな患者、わしは初めてだよ」

雄哲が驚きの目で琢ノ介を見ている。

「ああ、そうでしょうね」

あきれる思いで琢ノ介を見つめて、直之進は雄哲に同意した。

雄哲が秀士館に帰るという。直之進は雄哲に同道《どうどう》することにした。琢ノ介も一緒に出るといった。

外に出てすぐに琢ノ介が直之進に肩を寄せてきた。

「直之進、かわせみ屋の隠居の恒五郎が卒中で死んだぞ。一昨日のことだ」

「えぇっ」

さすがに直之進は驚いた。

「なにゆえ、おぬしがそのことを知っているんだ」

ききながら直之進は覚った。

「おぬし、襲われたことへの仕返しに、恒五郎の隠居所に行ったのだな。琢ノ介、ちがうか」

「その通りだ。それでわしが恒五郎の死骸を見つけたのだ」

「そうだったのか」

「恒五郎という男はいい死に方はしないと思っていたが、まさかまだ四十そこそこで死んでしまうとは、わしは夢にも思わなんだ。昨日、葬儀だったようだな」

「そうか、人とは本当にわからぬものだな」

それだけに一日、一日を大切に生きていかねばならない。

とにかく、琢ノ介は元気である。それはまちがいない。まだ体は重たそうだが、それもいずれよくなるだろう。

そのことに直之進は安心した。途中、外回りに行くという琢ノ介と別れ、直之進は秀士館に帰る雄哲を途中まで送っていった。

剣術の稽古に心は惹かれたが、その思いを振り払うように牛込原町にあるかわせみ屋に行った。

あの八人の侍が何者なのか、いったいなにを庄之助という男は企んでいるのか。

直之進は庄之助とじかに話をしたいと考えている。

かわせみ屋を前にして、直之進は息を入れ直した。

「直之進さん」

横合いから声をかけてきたのは、驚いたことに富士太郎と珠吉である。

「直之進さん、かわせみ屋になにか用事があるのですか」

どういう経緯でかわせみ屋のあるじのことが気になっているのか、直之進は富士太郎たちに語った。

「えっ、数日前に庄之助をつけていたら、八人の侍があらわれて、岡っ引らしい男に襲いかかったんですか」

目を光らせて富士太郎がきいてきた。

「そうだ」

「その岡っ引らしい男ですが、どんな風体《ふうてい》でしたか」

直之進は、男の姿を思い出しながら話した。

「ああ、やはり」

深いため息とともに富士太郎がいった。

「それは金之丞でまちがいないですね。金之丞は死にました。殺されたのです」

どういう死に方をしたのか、富士太郎が直之進に教えてきた。

「胸を一突きか。むごいな」

「ええ。その上、一昨日かわせみ屋の隠居の恒五郎が急死しましたよ」

「そのことは琢ノ介から聞いた」

「さようですか。米田屋さんの加減はいかがですか」

「すこぶるよい」

先ほど雄哲に診てもらったばかりであることを、直之進は話した。

「あの男の体は鉄でできているのではないか。雄哲先生も、とても驚いていらっしゃった」

「とにかく、米田屋さんが元気を取り戻しつつあるのは、素晴らしいことですね」

「まったくだ」

相づちを打って直之進は富士太郎と珠吉を見つめた。

「富士太郎さんと珠吉は、金之丞を殺したのは庄之助が怪しいと思っているのだな」

「さようです。我らはこれから庄之助に詳しい事情を聞きに行くつもりです。恒五郎の葬儀が終わったら詳しい話をしましょうと、庄之助からいわれていますしね」

富士太郎が真剣な眼差しを直之進に注いできた。

「よろしければ、直之進さんも一緒に行きませんか」

口元に控えめな笑みを浮かべて、富士太郎が誘ってきた。

「えっ、構わぬのか」

驚いて直之進はきき返した。

「もちろんですよ」

直之進を見つめて富士太郎が快諾《かいだく》する。

「直之進さんは、庄之助という男のことを知りたくてならないようですからね。それがしが少しでも力をお貸しいたしますよ」

「それはありがたい」

富士太郎に対し、直之進は心からの感謝の思いを抱いた。

「しかし富士太郎さん、俺の気持ちがよくわかるものだな」

「直之進さんは、わかりやすいですよ。顔に出ていますからね」

「そうかな」

首をひねり、直之進は軽く頬をなでた。

「いや、俺の顔に出ているのではなく、富士太郎さんは役目柄、人の心を見抜くのに長《た》けているのではないか」

「いえ、それがしの人の心を見抜く力など、大したことはありませんよ」

「そうかな」

「そうですよ」

富士太郎が小さく息を入れた。

「では直之進さん、まいりましょうか」

「うむ、そうしよう」

丹田《たんでん》に力を込めて直之進はいった。

先導するようにまず珠吉が歩き出す。その後ろに富士太郎がつき、直之進はそのあとに続いた。

まるで富士太郎の用心棒のような顔で、直之進はかわせみ屋に入った。

客間で庄之助に会った。

直之進のことは紹介せず、すぐさま富士太郎が改めて金之丞の死について庄之助に事情をきいた。

「金之丞という人には、手前は会ったこともありません。ですので、なにも知りません」

首を振り続けて、庄之助は同じ言葉を繰り返すのみだった。

さすがの富士太郎も、手の打ちようがないという感じだ。

「庄之助どの」

背筋を伸ばして直之進は呼びかけた。

「あの八人の侍は何者ですか」

うん、という顔を庄之助が向けてきた。

「八人の侍とは、いったいなんのことです」

「金之丞をかどわかそうとした侍です」

このことは富士太郎たちにはすでに話してあるので、富士太郎たちが驚くことはない。

「はて、なんのことでしょうか。手前はそんな侍は知りませんが」

「寛永寺近くの寺町で、庄之助どのが角を曲がったとき、入れちがうように角から出てきた八人の侍です。角を曲がるとき、庄之助どのは右手を軽く上げ、金之丞とおぼしき男をかどわかすように、合図をしたではありませぬか」

「ああ、確か、あのとき右手を上げたのは肩に凝りを覚えたからですが、なにゆえそこまで、あなたさまはご存じなのですか」

「たまたまそこにいたのです」

「さようですか、たまたま……」

「それがしが、金之丞をかどわかそうとしたその八人の侍の邪魔をしたのですが……」

庄之助を挑発するように直之進はいった。だが、庄之助はその挑発に乗らなかった。

「さようですか。かどわかしを邪魔するなど、よいことをされましたね」

「それがしもそう思います」

「ところであなたさまは、なんとおっしゃるのですか」

庄之助は、遣い手の風情を漂わせている直之進に関心を抱いたようで、名をきいてきた。

隠し立てするわけにもいかず、直之進は名乗った。

「湯瀬直之進さま……」

思い当たるものがあるのか、考え込むように庄之助が首をひねる。

「おまえさん、秀士館という学校を知っているかい」

誇らしげに富士太郎が庄之助にいった。

「むろん、知っております」

どこか怒ったように庄之助が答えた。

「直之進さんは、秀士館の剣術道場で師範代をしているんだよ」

「なんと……」

庄之助の瞳の中に、一筋の炎がゆらりと立ち上がったのを、直之進ははっきり見た。

その炎を瞳にたたえたまま、庄之助が直之進を見つめてくる。瞬きを忘れたかのように、庄之助は直之進に目をじっと据えたまま身動き一つしない。気迫のこもったその目は、殺意すら含んでいるように感じられた。

——なんだ、この目は。

戸惑いを覚えたが、その思いを外に出すことなく、直之進は庄之助を見つめ返した。

不意に庄之助が目から力を抜いた。直之進は激しい鍔迫り合いが、ようやく終わったかのような思いにとらわれた。両肩が自然に落ち、直之進は小さく息をついた。

「湯瀬さまとおっしゃると……」

言葉を切り、庄之助が確かめるようにきいてきた。

「もしや、御上覧試合で二位になったお方でしょうか」

直之進としてはあまり答えたくない事柄ではあったが、ここで否定するのも妙なことでしかない。

「さよう」

言葉短く直之進は答えた。

「そうですか。湯瀬さまが……」

それきり黙り込んで、庄之助はしばらくなにもいわなかった。

その姿を見た直之進は、庄之助が琢ノ介を襲わせたとはとうてい思えなかった。琢ノ介のいう通り、急死した隠居の恒五郎の差金《さしがね》であろう。

その恒五郎の死因は卒中だという。罰《ばち》が当たったとしかいいようがない。

直之進には金之丞殺しに関して、富士太郎たちを手伝えるすべはない。直之進が力を貸さずとも、富士太郎はきっとものの見事に事件を解決に導くはずなのだ。

もし本当に助力がほしくなったら、富士太郎は遠慮なく申し出てくるにちがいない。

――俺の出番はそのときだ。

直之進は心中で深くうなずいた。

五

かわせみ屋を出た直之進は、店の前で富士太郎たちに別れの挨拶をした。

「では、これでな。富士太郎さん、珠吉、また会おう」

「はい、すぐにお目にかかりますよ。それがしは珠吉とともに金之丞殺しの一件を解決し、そのことを直之進さんに知らせることになりますからね」

力強い口調で富士太郎がいった。その横で、真剣な顔つきの珠吉が深くうなずく。

「富士太郎さんたちなら、必ず解決できよう」

笑顔でいって、直之進は富士太郎たちと別れた。

やはり直太郎のことが案じられる。まだ完全に本復したわけではないのだ。

それに、やはり道場で稽古をしたい。すぐにも師範代の仕事をしなければならぬ、という気になっている。

直之進は足早に秀士館に急いだ。

しかし、途中、後ろから呼び止められた。

驚いたことに、そこには庄之助が立っていた。木刀を二本、携《たずさ》えている。つけられていたのか、と直之進は慄然《りつぜん》として思った。

——まったく気づかなんだ……。

直之進に尾行を感づかせないなど、庄之助はやはり恐ろしい手練としかいいようがない。

「湯瀬どの、勝負していただけぬか」

えっ、と直之進は目をみはった。

「手前、商人《あきんど》ながら剣にはそこそこ自信がありましてな。是非《ぜひ》とも御上覧試合で二位になった腕前を拝見したいのです」

直之進自身、庄之助の腕を確かめたいという思いがある。

「よろしいでしょう」

直之進は庄之助にうなずいてみせた。

「どこでやりますか」

「この近くに、人けのない空き地があります。そこはいかがでしょう」

端から目当ての場所があったからこそ、庄之助がここで声をかけてきたのだと直之進は知った。

「よろしいでしょう」

庄之助の背中を見つつ、直之進は歩いた。

やがて風がほとんど吹き込んでこない空き地に出た。広さは五十坪ほどか。人けはまったくない。風だけが、冬枯れの茶色い草をわさわさと騒がせて吹きすぎていく。

空き地は家々に囲まれ、四方はいずれもそれらの壁だけが見えている。

「まことに立ち合ってもらえますのか」

半信半疑という顔で、庄之助がきいてきた。

「その気がないのなら、ここまで来ぬ」

庄之助を見つめて直之進は答えた。

「ありがたい」

激しさを感じさせる口調でいって、庄之助が木刀を投げてきた。

ばしっ、と受け取り、直之進は木刀を軽く振ってみた。

なかなか使い勝手のよさそうな木刀だ。使い込まれている様子で、よく手に馴《な》染《じ》む。

「よし、やろう」

宣するように庄之助にいい、直之進は空き地の中央に進んだ。三間ほどを隔《へだ》てて庄之助が向かいに立った。

どうりゃあ。いきなり裂帛《れっぱく》の気合とともに庄之助が突っ込んできた。思わず見とれてしまうほどの足さばきだ。

直之進を間合に入れるや、木刀を振り下ろしてきた。

直之進はその斬撃をがしん、と打ち返した。しかし、信じられないほど重い衝撃が全身を襲った。

木刀でここまですさまじい衝撃を受けたことは、大仰でなくこれまで一度もなかった。

直之進はすぐさま反撃に出ようとした。だが、庄之助が次々に木刀を振るってくる。

直之進は庄之助の斬撃を打ち返し、弾き返すことしかできなかった。

両手がしびれてきた。膝が痛む。腰に鋭い痛みが走った。

腕がひどく重くなってきた。

――この庄之助という男は、恐ろしいまでの強さだ。

まちがいなく室谷半兵衛より上だ。

最初にこの男を見たとき、そのことはどこかでわかっていたのだが、こうして木刀を受け続けていても、直之進はまだそのことを信じることができない。

——なにゆえこれほどの男が、これまでまったくの無名なのか。

さらに庄之助の木刀が速さと重さを増してきた。

速さよりも重さが厄介《やっかい》だ。腕が上がりにくくなり、弾き返すどころか直之進はただ受けるのが精一杯になった。

攻勢に出るなどできるはずがなかった。

このままでは死ぬな、と思った。あとどのくらい庄之助の斬撃を受け続けていられるものか。

それができなくなったときが最期《さいご》のときだ。

汗が目に入り、さらに庄之助の木刀が見えにくくなった。

右手に庄之助が動いた。その対処に直之進の動きがわずかに遅れた。

——まずい。やられる。

直之進は覚悟を決めた。決めるしかなかった。だが、次の一撃はやってこなかった。

庄之助が木刀を引いていた。

庄之助が冷ややかな目で直之進を見ている。

この程度の腕なのに御上覧試合で二位になったのか、とその瞳が語っていた。

「湯瀬どの、立ち合っていただき、かたじけなかった」

武家の言葉で礼をいい、庄之助が背中を見せる。足早に空き地を立ち去っていく。その姿が見えなくなる。

汗びっしょりとなった直之進は、庄之助の去っていった方角を見やったまま、一歩たりとも動くことができなかった。

ここまでの完敗はいつ以来か。木刀を返すのも忘れ、大きく息をついた。

今は生きていることを喜ぶほか、直之進になす術《すべ》はなかった。

この作品は双葉文庫のために書き下ろされました。

双葉文庫

す-08-40

口入屋用心棒《くちいれやようじんぼう》
赤銅色《しゃくどういろ》の士《し》

2018年3月18日　第1刷発行

【著者】
鈴木英治《すずきえいじ》

【発行者】
稲垣潔

【発行所】
株式会社双葉社
〒162-8540 東京都新宿区東五軒町3番28号
［電話］03-5261-4818(営業)　03-5261-4833(編集)
www.futabasha.co.jp
(双葉社の書籍・コミックが買えます)

【印刷所】
慶昌堂印刷株式会社

【製本所】
株式会社若林製本工場

【表紙・扉絵】南伸坊
【フォーマット・デザイン】日下潤一
【フォーマットデジタル印字】飯塚隆士

ISBN978-4-575-66876-6 C0193
Printed in Japan

鈴木英治

口入屋用心棒12 待伏せの渓《たに》

長編時代小説〈書き下ろし〉

堀田備中守の魔の手が故郷沼里にのびたことを知り、江戸を旅立った湯瀬直之進。その道中、直之進を狙う罠が……。シリーズ第十二弾。

鈴木英治

口入屋用心棒13 荒南風《あらはえ》の海

長編時代小説〈書き下ろし〉

腐米汚職の真相を知る島丘伸之丞を捕えた湯瀬直之進は、海路江戸を目指していた。しかし、黒幕堀田備中守が島丘奪還を企み……。

鈴木英治

口入屋用心棒14 乳呑児《ちのみご》の瞳《め》

長編時代小説〈書き下ろし〉

品川宿で姿を消した米田屋光右衛門の行方をさがすため、界隈で探索を開始した湯瀬直之進。一方、江戸でも同じような事件が続発していた。

鈴木英治

口入屋用心棒15 腕試しの辻

長編時代小説〈書き下ろし〉

妻千勢が好意を寄せる佐之助が失踪した。複雑な思いを胸に直之進が探索を開始した矢先、千勢と暮らすお咲希がかどわかされかかる。

鈴木英治

口入屋用心棒16 裏鬼門《うらきもん》の変

長編時代小説〈書き下ろし〉

ある夜、江戸市中に大砲が撃ち込まれる事件が発生した。勘定奉行配下の淀島登兵衛から探索を依頼された湯瀬直之進を待ち受けるのは!?

鈴木英治

口入屋用心棒17 火走《ひばし》りの城

長編時代小説〈書き下ろし〉

湯瀬直之進らの探索を嘲笑うかのように放たれた一発の大砲。賊の真の目的とは？ 幕府の威信をかけた戦いが遂に大詰めを迎える！

鈴木英治

口入屋用心棒18 平蜘蛛《ひらぐも》の剣

長編時代小説〈書き下ろし〉

口入屋・山形屋の用心棒となった平川琢ノ介。あるじの警護に加わって早々に手練の刺客に襲われた琢ノ介は、湯瀬直之進に助太刀を頼む。

鈴木英治

口入屋用心棒26 兜《かぶと》割《わ》りの影

長編時代小説〈書き下ろし〉

江戸市中で幕府勘定方役人が殺された。その惨殺死体を目の当たりにし、相当な手練による犯行と踏んだ湯瀬直之進は探索を開始する。

鈴木英治

口入屋用心棒27 判《はん》じ物《もの》の主《ぬし》

長編時代小説〈書き下ろし〉

呉服商の船越屋岐助から日本橋の料亭に呼び出された湯瀬直之進は、料亭のそばで事切れていた岐助を発見する。シリーズ第二十七弾。

鈴木英治

口入屋用心棒28 遺言状の願《ねがい》

長編時代小説〈書き下ろし〉

遺言に従い、光右衛門の故郷常陸国・鹿島に旅立った湯瀬直之進とおきく夫婦。そこで、思いもよらぬ光右衛門の過去を知らされる。

鈴木英治

口入屋用心棒29 九層倍《くそうばい》の怨《うらみ》

長編時代小説〈書き下ろし〉

八十吉殺しの探索に行き詰まる樺山富士太郎。湯瀬直之進が手助けを始めた矢先、掏摸に遭った薬種問屋古笹屋と再会し用心棒を頼まれる。

鈴木英治

口入屋用心棒30 目《め》利《き》きの難《なん》

長編時代小説〈書き下ろし〉

江都一の通人、佐賀大左衛門の元に三振りの刀が持ち込まれた。目利きを依頼された大左衛門だったが、その刀が元で災難に見舞われる。

鈴木英治

口入屋用心棒31 徒《かち》目付の指

長編時代小説〈書き下ろし〉

護国寺参りの帰り、小日向東古川町を通りかかった南町同心樺山富士太郎は、頭巾の侍に直之進の亡骸が見つかったと声をかけられ……。

鈴木英治

口入屋用心棒32 三人田《さんにんだ》の怪

長編時代小説〈書き下ろし〉

かつて駿州沼里で同じ道場に通っていた鎌幸に用心棒を依頼された直之進。名刀の贋作売買を生業とする鎌幸の命を狙うのは一体誰なのか？